Paris

1795

La Marteliere

Robert, chef de Brigands

ROBERT

CHEF DE BRIGANDS.

DRAME EN CINQ ACTES, EN PROSE.

IMITÉ DE L'ALLEMAND,

PAR LE CITOYEN LA MARTELIERE.

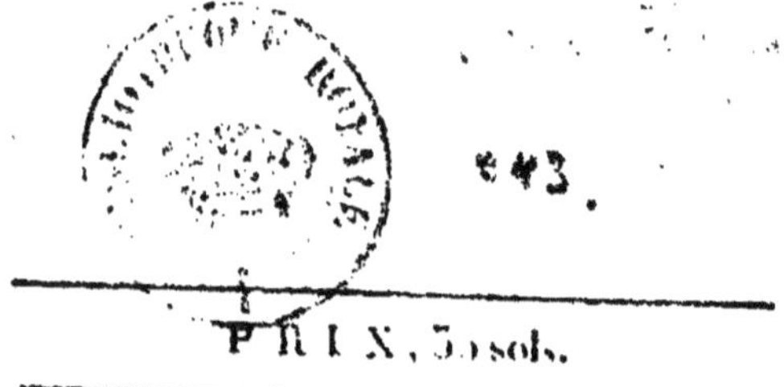

PRIX, 30 sols.

A PARIS.

Chez MARADAN, rue du Cimetière St. André-des-Arcs, N°. 9.

Et chez BARBA, au palais de l'Egalité, galerie vitrée.

1793.

ROBERT
CHEF DE BRIGANDS.

RÉSERVES DE L'AUTEUR.

Je soussigné pour me conformer à la loi du 30 août dernier, déclare qu'en publiant la présente piece par la voye de l'impression, j'entends me réserver expressément tous mes droits sur les représentations qu'elle pourroit avoir dans toute l'étendue de la République française, *à Paris, ce 7 mars 1793.*

LAMARTELIERE.

La minute de la présente déclaration est déposée chez Me. Hua, notaire, rue de l'ancienne Comédie française.

PRÉFACE.

JE ne répondrai point aux mille et une absurdités qu'on a débitées contre cet ouvrage ; le public en a fait justice, et les gens de lettres me sauront peut-être gré d'avoir osé traiter un pareil sujet : quant à ces jujeurs pitoyables, pour qui rien n'est difficile que de se taire, je les remercie d'être d'un autre sentiment, car après l'éloge d'un homme instruit, rien n'est plus flatteur que la critique d'un sot.

On m'a reproché d'avoir mis des brigands sur la scène. Eh ! qu'importe le nom quand la chose n'y est pas ? Plût au ciel ! que la société ne fut composée que de brigands semblables ! Les loix seraient maintenues, les propriétés respectées, l'honnête homme y trouverait des amis, l'infortuné des secours ; le méchant seul, sans appui, sans ressource, abandonnée à lui même, serait forcé de renoncer au crime, ou d'en porter la peine.

Quelques personnes ont crû voir du danger à présenter au public les principes d'une pareille morale ; je suis loin de suspecter leur bonne foi, et je déclare ici, avec toute la franchise dont je fais profession, que je n'ai point prétendu faire de cet ouvrage une pièce de circonstances.

Etranger à toutes les sectes qui, tour-à-tour ont figuré sur notre horizon politique, je n'ai jamais connu d'opinion, de parti, que celui de la justice et des loix ; mais le ministre déprédateur, le financier concussionnaire, le magistrat prévaricateur, le prêtre sacrilége et le prince oppresseur sont en tout tems, en tout pays, en politique comme en morale, des monstres aux yeux de tous les hommes. Eh bien ! voici les scélérats que je livre à l'indignation des honnêtes gens, et au tribunal de mes brigands. Si j'ai failli, il existe des magistrats pour veiller au maintien des bonnes mœurs, et des loix pour punir les corrupteurs de l'esprit public.

J'ajoute, qu'amateur de tout ce qui tient aux beaux arts, j'offre à mes concitoyens le fruit de quelques momens de loisir que j'aime à partager entre le travail et l'étude des belles-lettres. Heureux si, après avoir retracé des scènes de sang, je puis célébrer dans ma solitude les vertus et le bonheur de mes compatriotes.

Ce bonheur sera le mien, et quelle que puisse être désormais la destinée de mes ouvrages, je n'opposerai jamais aux véritables critiques que le desir de mieux faire, à mes détracteurs que des mœurs pures, une conduite irréprochable, et l'estime de ceux qui me connaissent.

L'amitié et la reconnaissance me font un devoir de rendre ici hommage au talent du citoyen Baptiste. Cet acteur étonnant, et dont on peut à coup sûr prédire la haute célébrité, a mis dans son jeu tant de vérité et de profondeur, qu'il s'est en quelque façon approprié le succès de cet ouvrage. Cet éloge ne me serait pas échappé, si au talent d'un artiste consommé, il ne joignait les qualités non moins rares, qui font estimer et chérir le citoyen.

Le Tribunal redoutable, ou *la suite de Robert chef de brigands*, est imprimée, et se trouve à Paris, chez le même libraire.

PERSONNAGES.

LE COMTE DE MOLDAR, Pere.

ROBERT DE MOLDAR son fils aîné, amant de Sophie; chef de brigands.

MAURICE DE MOLDAR, son second fils, aussi amant de Sophie.

SOPHIE DE NORTHAL, niéce du Comte de Moldar.

ROSINSKI, fils du Comte de Berthold, crû brigand.

FORBAN,
WOLBAC,
ROLLER,
RAZMANN,
} *Brigands.*

Un AUMONIER,

RAIMOND, personne affidé à Maurice.

BERTRAND, un des officiers de Justice du comte de Moldar.

GUILLAUME, paysan du canton et son fils agé de 8 à 9 ans.

Plusieurs domestiques à la livrée du chateau.

Plusieurs gardes chasse du Comte de Moldar.

Grand nombre de brigands.

La Scène se passe au Château de Moldar, en partie dans une forêt qui en est éloignée à un quart de lieue, dans un canton de la Franconie.

ROBERT
CHEF DE BRIGANDS.

ACTE PREMIER.

SCENE PREMIERE.

Le Théâtre représente un appartement du château de Moldar en Franconie.

SOPHIE ET MAURICE.

SOPHIE.

Laissés moi seule, vous dis-je ; votre présence m'afflige, votre tendresse m'offense et vos offres me font horreur. J'aimais votre frere, lorsqu'il était l'espoir de sa famille, je l'adore depuis qu'il en est banni. Hélas ! déshérité par son pere, trahi par ses amis, persécuté par son frere, sans secours, sans asile, seul, abandonné de la nature entiere, il n'a qui a empoisonné la vieillesse de son pere, et perdu dans la débauche et la dissipation un tems qu'il devait consacrer aux études, et qu'il n'a employé qu'à ruiner sa famille.

SOPHIE.

Ne parlés plus de ses dettes, mes pierreries ont servi à les payer. C'était un devoir pour vous, ce fut un plaisir pour moi.

MAURICE.

Si ses torts se bornaient encore là, il seroit peut-être excusable; mais ne respecter ni les sermens qu'il vous fit ni l'amour que vous avés pour lui..... quel serait donc votre étonnement, si vous le voyés vous même, l'œil hâve, le teint livide, le corps miné par le poison de la débauche. Telle était sa position, dit une lettre de mon correspondant de Leipsic, lorsqu'il fut obligé de quitter cette ville pour se soustraire aux poursuites de ses créanciers. Son inconduite ne lui laissa pour ressources que le cachot ou la fuite. Il choisit la derniere en s'associant une troupe de libertins dés longtems épiés par l'œil de la police, et réservés sans doute à périr un jour par le supplice des scélérats.

SOPHIE (*pleure*).

Malheureuse!...... comme il jouit de mes larmes!

MAURICE.

Combien n'en ai-je pas versées moi-même! le sang, l'éducation, la conformité de nos goûts, de nos sentimens, tout semblait nous unir, nous enchaîner l'un à l'autre par les nœuds d'une éternelle amitié.

SOPHIE.

Que de chagrins vous eussiés épargnés à toute la famille, si cette amitié avait toujours subsisté entre vous!

MAURICE (*d'une douceur affectée*)

Mon cœur n'eût point changé si le sien fut resté le même. Oui, mon âme se déchire au seul souvenir de la dernière soirée que nous passâmes ensemble; tout était calme, le ciel serein, la lune argentait les prairies des environs...... mon cher Maurice; me dit-il, en m'entraînant dans le plus sombre de nos bosquets, « cher frere, mon départ « est fixé à demain, je vais quitter Sophie, « je vais quitter tout ce que j'ai de plus cher « au monde — je ne scais, mais qui peut « lire dans le livre des destinées? ah! si ja- « mais ce pressentiment devait s'accomplir, « sois son conseil..... son ami..... son Epoux. « fais le bonheur de Sophie. (*Il veut lui baiser la main.*)

SOPHIE (*recule d'horreur*)

Perfide! je reconnais ta fourbe. C'est dans ce même bosquet qu'il me conjura de ne jamais aimer que lui — toi mon époux. ... toi!

MAURICE (*interdit*)

Quoi! vous douteriés.....

SOPHIE.

Laissés moi seule, vous dis je.

MAURICE.

Vous me haïssés?

SOPHIE.

Non..... je vous méprise. (*Elle sort indignée.*)

SCENE II.

MAURICE *seul.*

Quel orgueil! il sera dompté ; ce Robert que tu regrettes est à jamais perdu pour toi.... quoi! j'aurai appellé sur sa tête la malédiction d'un pere, je l'aurai banni du sein de sa famille, entouré de pièges, environné d'abimes pour jouir du rang et de la fortune que lui assurait son droit d'ainesse; j'en aurai fait un aventurier, un vagabond, et je ne pourrai lui ravir le cœur de sa maîtresse! il est malheureux, on l'aime, et moi l'on me méprise. — Mais Raimond ne vient pas..... ce retard m'inquiète...... m'offense...... m'irrite....... patience....... j'ai besoin de lui et mon interêt exige que j'épargne l'instrument qui doit servir à mes desseins.

SCENE III.

MAURICE, UN LAQUAIS, RAIMOND.

LE LAQUAIS.

Quelqu'un demande à vous parler en secret.

MAURICE.

Que veut-il? (*à part*) c'est lui sans doute. Fais entrer. (*Raimond entre*) ah! te voilà, Raimond; tu m'as bien fait attendre.

RAIMOND.

Pardonnés........ une maladie survenue à mon oncle.

MAURICE.

Et dont il faut acheter l'héritage par quelques complaisances — j'entends.

RAIMOND.

Non. Le destin ne me promet rien de ce côté là.

MAURICE.

Eh bien! je veux t'employer plus utilement. Mais avant tout réponds-moi — connais-tu une jeune personne appellée Sophie de Northal qui demeure dans ce pavillon et que Robert devait épouser un jour?

RAIMOND.

J'ai beaucoup entendu vanter sa beauté, sa bienfaisance; mais étranger dans ce château où je ne l'ai vue qu'un moment quand vous me fites appeller pour garder votre père pendant la léthargie que vous savés.... je ne l'ai pas vue depuis.

MAURICE. *avec confiance.*

A merveille! — écoute, toi seul tu sçais ce qu'il m'en a couté pour devenir l'héritier de mon pere. Ton zèle m'y aida et ma reconnoissance ne se bornera pas aux petits services que je t'ai rendus jusqu'ici. Mais tout le fruit de nos soins est perdu si je ne possède Sophie. L'image de Robert est sans cesse présente à ses yeux, elle ne voit, n'entend que lui, et son cœur m'est fermé tant qu'elle conservera quelque espérance de le revoir. C'est à toi Raimond, à lever cet obstacle, et ta fortune est faite. Je me charge dès ce moment de la réussite de ton procès. Puisque tu n'es pas connu, voici le rôle que tu dois jouer près d'elle. Un vieux habit de soldat, une large moustache, le havre sac au dos, c'est ton accoûtrement. Tu reviens des campagnes de la Turquie d'Europe où le hasard te fit connaître un compatriote nommé Robert. Ce jeune homme, consumé par un chagrin secret qui lui faisait haïr la vie, se trouve avoir été blessé à la bataille livrée par l'Empereur frédéric à Mahomet second. A l'approche de la mort, Robert te fait appeller, te charge d'un paquet qu'il te prie de remettre à son adresse, quand un congé t'aura permis de retourner dans ta patrie. Ce tems est arrivé et l'amitié te fait un devoir de t'acquitter de ta commission. Voila le précis de la fable, je laisse à ton jugement le soin de l'embellir de faits qui pourront ajouter à sa vraisemblance.

RAIMOND.

Comptés sur mon exactitude....... et ce paquet?

MAURICE.

Il est tout prêt, je vais le chercher.
(Il sort.)

SCENE IV.

RAIMOND (*seul*).

Quel homme ! il entasse crimes sur crimes et pourtant tout lui réussit ! il commande, il boit dans des vases d'or, il sommeille sur le duvet de l'opulence, et son pere victime de sa scélératesse, accablé de malheurs, de viellesse et d'infirmités, n'a au fond d'un cachot qu'une pierre où reposer sa tête, pour nourriture qu'un pain noir détrempé de ses larmes et que je lui porte en secret, encore fus-je forcé d'annoncer à ce monstre que son pere étoit mort pour l'empêcher de consommer un parricide. O justice éternelle ! — Non, j'ai trop prêté mon ministere à ses attrocités...... Je me lasse d'être coupable...... Mais ma famille, mes enfants; que deviendront-ils ? Un procès fait toutes mes espérances, et quel en sera le résultat, si je n'oppose aux intrigues de mon adversaire le grand pouvoir du scélérat que je sers ? Hélas ! le sort du foible est donc d'être sans cesse le complice ou l'esclave du puissant.

SCENE V.

MAURICE (*un paquet à la main*) RAIMOND.

MAURICE.

Le voilà. Il renferme deux objets, l'un est la lettre supposée, l'autre un porte-feuille brodé que mon frere reçut des mains de Sophie et que j'eus l'adresse de lui dérober au moment de son départ. Quant à tes vêtemens tu les trouveras au fond du parc sous une des voutes de la vieille tour......
(*Raimond fait ici un mouvement de frayeur et de surprise*).

MAURICE *continue.*

Pourquoi cet étonnement ? tu parais effrayé.

RAIMOND *embarrassé.*

Vous commandez, je ne puis qu'obéir, mais mon respect pour la mémoire de votre pere, son âge, ses malheurs...... son désespoir quand seul avec vous, par votre ordre, je le descendis dans ce noir souterrain. — Ces paroles déchirantes qu'il prononca d'une voix éteinte et en s'arrachant les cheveux blancs qui couvraient son front respectable » » et toi aussi Raimond tu m'abandonnes ! » cette image, et l'idée des tourmens qui auront précédé ses derniers soupirs, ont chassé la paix de mon âme....

MAURICE.

Est-ce un sermon que tu prétends me faire ?

RAIMOND.

Pardon, si ma sensibilité vous offense.

MAURICE

Elle me fait pitié. Que peut on me reprocher ? plongé pendant plusieurs heures dans un someil léthargique, tu scais que nous le crimes mort ; cette nouvelle se répandit dans mes domaines, je l'annonçai même aux princes mes voisins. Tout-à-coup mon malheur le rend à la vie.... Comment revenir sur mes pas ? Nous l'avons tous deux transporté dans cette tour où il est mort depuis. Quel est mon crime ? et que crains-tu, honnête Raimond ?

RAIMOND.

Mais ce frémissement involontaire.... cette horreur secrette qui me saisit à la vue de cette tour..... ces ossemens blanchis qui semblent se réunir, se ranimer et s'élever de la nuit du tombeau contre la barbarie de ses assassins....

MAURICE *d'un ton sec.*

Raimond....... ta morale commence à me lasser..... écoute, ton sort, celui de ta famille, tout est dans ma dépendance, je puis t'élever au rang de magistrat, placer tes enfans dans mes régimens, assurer leur fortune et changer en palais la cabane où le destin te condamne à végéter, mets d'un côté ces avantages ; de l'autre mon inimitié, songe à ta famille, et prononce sur le parti qu'il t'importe de prendre.

RAIMOND.

Mon choix est fait, j'obéirai.

MAURICE.

Tu verras si je scais reconnaître un service. Sors et prends garde qu'on ne te voye ici ; mes ordres sont donnés, mon aumonier prévenu, demain avant la fin du jour, Sophie sera ma femme ou ma victime.

RAIMOND.

Demain à son lever je parais devant elle et vous serez aussi-tôt instruit du succès de mon message.

MAURICE.

N'oublie pas d'ajouter qu'il est mort dans tes bras...... s'il lui reste un rayon d'espoir, tout ce que j'ai fait est perdu.

RAIMOND.

Il suffit. (*à part*). Ah le scélérat ! *il sort.*

SCENE VI.

MAURICE *seul.*

Je n'aurai donc plus de rival à craindre.... Mais d'où vient que Raimond balance à me servir. Cette irrésolution..... ces remords..... malheur à lui, s'il osoit me trahir !......... Pourquoi le soupçonner quand son intérêt m'en répond ! est-ce sa faute si la nature lui a donné un esprit faible, un cœur pusillanime ? moi-même n'ai-je pas éprouvé mille fois ces frayeurs secrettes, ces frissons d'inquiétude qu'on prend vulgairement pour les secousses d'une conscience timorée ? Ne vois-je pas le sommeil, ou me fuir, ou me retracer dans un repos pesant des images capables d'épouvanter, si le réveil ne venoit détruire ces fantômes......... Est-ce toi Bertrand ? Que me veux-tu ?

SCENE VII.

MAURICE et BERTRAND.

BERTRAND.

Je viens vous avertir qu'il est temps de mettre le Château en état de défense. Une troupe de brigands qui infectent les environs, vient de se retirer sur vos terres.

MAURICE.

Qu'on fasse armer tous mes vassaux.

BERTRAND.

Ce secours est insuffisant.

MAURICE.

Contre une horde de vagabonds ?

BERTRAND.

Ne vous y trompez pas ; leur nombre est considérable et leur hardiesse sans exemple. Ils respectent la propriété du malheureux, mais rien ne leur résiste dès qu'ils ont juré la perte d'un magistrat injuste, d'un homme inique en place, ou d'un Prince oppresseur. La mort du Comte de Marbourg en est une preuve. Ce seigneur prévenu de leur arrivée fait assembler ses gardes, hausser les ponts, et renforcer les postes, rien ne put le sauver. Dans un clin d'œil le fossé est franchi, le château environné, ils entrent, leur chef s'élance sur le Comte, et lui plongant un poignard dans le sein : » Boureau de ton peuple, dit-il, voilà le fruit de tes oppressions «. Puis s'adressant à ses camarades, » J'ai fait ce que j'ai dû, le reste vous regarde «. Aussi-tôt les appartemens sont inondés de brigands, les portes enfoncées, les coffres forcés, et tout le château abandonné au pillage.

MAURICE *effrayé.*

Le Comte de Marbourg assassiné!

BERTRAND.

Au poignard enfoncé dans son sein, étoit attaché un papier où on lisoit ces mots terribles : *Arrêt de mort contre Adolphe Comte de Marbourg pour cause d'oppression par le Tribunal sanguinaire.*

MAURICE.

Poignardé dans sa Cour!.....

BERTRAND.

Au milieu de son Conseil.

MAURICE.

Ses gardes, ses vasseaux l'ont souffert ?

BERTRAND.

Sa garde fut repoussée. Quant à ses vasseaux, ils ne voyaient en lui qu'un oppresseur, et la mort d'un tiran est un bienfait pour ses sujets.

MAURICE.

Et ses courtisans ?....

BERTRAND.

Les courtisans sont des lâches.

MAURICE.

Mais ses amis, Bertrand; ses amis......

BERTRAND.

Les méchans n'en ont pas.

MAURICE.

Quel est donc le parti qu'il me convient de prendre ? parle, faut-il rassembler mes paysans ?

BERTRAND.

Ils sont si malheureux.

MAURICE.

Crois-tu qu'ils m'abandonneraient ?

BERTRAND.

Ils n'ont que leurs foyers, ils voudront les défendre, dans un danger commun chacun tremble pour soi. Je vous l'ai dit cent fois, et le répète encore : tout est à craindre pour qui n'a jamais inspiré que la crainte.

MAURICE *inquiet.*

Ils sont en grand nombre, dis-tu.... commandés par un chef

BERTRAND.

Qu'on dit même être d'une naissance illustre.

MAURICE *profondément frappé.*

Hola ! Henri, Julien..... que dans une heure tous mes gens soyent sous les armes.... que mes Gardes chasses, mes Piqueurs et tous les Officiers de ma maison se réunissent sur la place, (*à l'un d'eux*) vous, montez à cheval, courez dire à mon régiment de se rapprocher du château. Vous, instruisez mes paysans que je suis entouré de brigands, qu'on en veut à mes jours ...... Flattez, promettez, menacez.... Malheur à qui n'obéira pas à mes ordres. *Les Domestiques sortent.* Et toi, mon cher Bertrand, toi depuis vingt ans attaché à ma famille, chéri, estimé de tout le canton, tu as sans doute beaucoup d'amis ?

BERTRAND.

Oui, tous les malheureux, et il n'en manque pas dans vos domaines.

MAURICE.

Puis-je compter sur eux ? Faut-il diminuer les impôts, abolir les corvées ? Je promets tout, tout, tout.

BERTRAND.

Ce bienfait est tardif et le danger pressant. Vous pouvés cependant espérer tous les secours qui dépendront de moi.

Fin du premier Acte.

ACTE II.

SCENE PREMIERE.

Le Théâtre représente une forêt épaisse, dans le fond, d'un côté une plaine, des chaumières dans l'éloignement, de l'autre des collines; les brigands sont tous couchés et endormis sous les arbres, plusieurs d'entr'eux sont blessés, l'un porte le bras en écharpe : les trois premieres scènes se passent pendant la nuit, et aux premiers rayons du jour.

Robert *seul, assis au pied d'un arbre avec une profonde sensibilité.*

Ils dorment..... et le repos me fuit. Le sommeil n'ose approcher de mes paupiéres, mon corps est abattu, mon cœur oppressé, et pour comble de maux, je suis forcé de dévorer mes larmes, d'étouffer mes sanglots! Ah! Robert, Robert! non, il n'est plus pour toi de bonheur sur la terre. Entouré de brigands que pour mon malheur je commande, l'épouvante me précéde, la destruction marche à ma suite ; *avec émotion*, j'étais né pour faire des heureux, et je porte la terreur dans la société; mais j'ai fait parvenir mes plaintes, mon repentir, mes remords, aux pieds du souverain, j'ai envoyé le tout au comte de Bertold, mon parent et son favori. J'ai dévoilé les persécutions qui m'ont poussé dans cet abime, je ne lui ai demandé qu'un coin de terre inhabitée...... ou quelqu'autre sauvage...... Sans doute on me le refuse. — Je m'y devais attendre — Ah ! si jamais le sang de mes coupables victimes s'éleve contre moi, (il tire une lettre de sa poitrine et avec force). Voilà, dirai-je, voilà mon excuse : la malédiction d'un pere, l'inimitié d'un frere, la haine de Sophie ont produit tous les maux de Robert; *avec douleur*, les cruels ont porté le désespoir dans mon ame, ils m'ont fait hair les hommes, (*avec sensibilité*) et pourtant jamais...... non jamais je n'ai fait couler les larmes d'un innocent infortuné. *Il pleure amèrement.*

SCENE II.

ROBERT ET FORBAN.

FORBAN *s'éveillant.*

Bon jour, capitaine. Ma foi ! nous avions besoin de repos. Après une marche de seize heures, toujours dans les forêts, au risque de nous enterrer dans des foudrières, ou de nous briser la tête contre les arbres, et par dessus tout cela un déluge d'eau. — vraiment tu nous a menés un train d'enfer. — Mais que vois-je ? encore cette maudite lettre ! Puissé-je exterminer le malheureux !....

ROBERT.

Arrête. C'est mon pere.

FORBAN.

Pardon, capitaine. Mais pourquoi toujours la porter dans ton sein ? Gageons que tu n'as point goûté un instant de repos.

ROBERT (*avec un soupir*)

En est-il encore pour moi ? — Ami, j'attends des nouvelles importantes, peut-être sont elles arrivées..... Tu m'avois promis d'envoyer un de nos camarades à Francfort....

FORBAN.

Il en est déjà de retour; mais son voyage a été inutile, il n'y avoit pas de lettre pour toi.

ROBERT, *tristement.*

(*à part*). Misérable Berthold!.... et voilà les parens, l'appui qu'on obtient d'eux! (*à Forban*) Ami, laisse-moi seul.

FORBAN.

Quoi tu pleures, et ton ami n'oserait essuyer tes larmes? (*le jour commence à paraître*) mais comment, si sensible aux beautés de la nature, peux-tu t'attrister à la vue des objets qui t'environnent? Regarde cette plaine....... ces côteaux...... quelle abondance!...

ROBERT *tristement.*

C'est le fruit d'une année de sueurs et de

travail, la seule richesse, le seul espoir du laboureur, et...... un instant peut tout détruire.

FORBAN.

Que cet air est pur !..... ce paysage charmant........ Vois-tu là-bas ces chaumières ?

ROBERT.

C'est le séjour de l'innocence.

FORBAN.

Entends-tu le chant des oiseaux ?

ROBERT, *ému.*

Ah ! Forban, la joie les anime, et le bonheur les suit — tout est heureux dans la nature..... (*avec douleur.*) Moi seul, je souffre, moi seul je porte l'enfer dans mon ame ; — mais parlons d'autre chose.

FORBAN.

Oui, du comte de Marbourg — Nous avons fait là un chef-d'œuvre de justice, et le canton nous doit un obélisque pour l'avoir purgé de ce scélérat.

ROBERT.

La punition est sévere et terrible.

FORBAN.

Jamais arrêt ne fut plus juste, sa mort peut-elle payer le sang des peres de famille qu'il fit périr dans ses prisons, pour avoir tué un cerf ou quelqu'autre gibier ? — est-il de vexation qu'il n'ait commise, de propriété qu'il n'ait tenté d'envahir ? Moi-même je l'ai vu, suivi de ses piqueurs et de sa meute, dévaster de gaieté de cœur, l'héritage du pauvre, et l'écraser ensuite lorsqu'il osait s'en plaindre. Capitaine, je voudrais pour mille ducats qu'on m'attribuât l'honneur de cette action. Hercule lui même dont nous suivons l'exemple n'a jamais rien fait de plus beau.

ROBERT.

A-t-on exécuté mes ordres ?

FORBAN.

J'ai fait d'abord d'une double haye environner le château, puis suivi de Falker et Razmann, le pistolet d'une main et le sabre de l'autre, je me suis emparé des trois portes principales; là finit ma mission. Wolbac et Roller étaient chargés du reste.

ROBERT.

Et l'on n'a maltraité personne ?

FORBAN.

Un viellard et une femme ont été blessés dans la mêlée.

ROBERT *se lève furieux.*

Une femme, un vieillard !...... les êtres les plus foibles ! quels sont les malheureux qui ont osé commettre cette atrocité ? quels sont ils ? parle.

FORBAN.

Je l'ignore.

ROBERT *tire un coup de pistolet, les brigands se réveillent et l'entourent.*

Ecoutés : Notre expédition d'hier ne devoit

être funeste qu'au Comte de Marbourg. Il étoit jugé, condamné, et la mort de ce tiran a satisfait notre justice. Mais on a excédé mes ordres. Une femme, un vieillard ont été blessés ; que les coupables se nomment, ou ils sont morts si je les découvre.

W o l b a c, *après un silence.*

Capitaine, j'étais dans la seconde cour du château où la mort du Comte avoit déjà répandu l'épouvante. Un vieillard poussé par la frayeur se précipite à mes pieds pour demander la vie. Dans ce moment un coup de feu qui sans doute m'étoit destiné, le blesse au bras ; je le releve, le rassure, et lui mettant dix ducats dans la main, je le fis transporter dans une maison voisine — Si le fait n'est pas tel, je t'abandonne ma tête.

R o b e r t.

Ta générosité me charme ; je te reconnois là, Wolbac.

R o l l e r *après un silence.*

J'avois avec six de mes camarades forcé l'entrée et pénétré jusqu'à l'escalier du château ;

tout à coup nous sommes assaillis d'une grêle de pierres et de coup de fusils. Morgand tombe mort à mes pieds, Frisler est blessé à la tête, moi au bras : cette réception me rend furieux. Je monte, j'enfonce la porte; on nous résiste d'abord. Mais quelques coups de sabre écartent bientôt ces misérables dont la fuite nous laisse appercevoir une femme que la frayeur et l'incertitude du combat avoit privé de l'usage des sens. Je la fis porter sur un lit par deux personnes que je payai pour en avoir soin. — Voilà le fait, si j'ai failli, je mérite la mort.

ROBERT (*à part*)

Graces au ciel! je respire. On n'a point versé de sang innocent! (*haut*) Camarades souvenez-vous du jour où le destin me fit tomber entre vos mains dans les forêts de la Bohême; attaqué, blessé, désarmé, au lieu de me donner la mort, vous me mîtes à votre tête et jurâtes de m'obéir. C'est dans cet espoir que je rétablis parmi nous ce tribunal connu de nos ancêtres et fondé par le grand Charlemagne, ce tribunal secret et terrible qui frappoit d'une mort certaine ceux qui par leur crédit ou leur fortune savaient détourner de dessus leurs têtes coupables le glaive des loix ordinaires. Nos droits sont fondés sur leurs crimes; nous les maintenons par la force, sachons la rendre respectable par l'équité de nos jugement. Que le scélérat de quelque rang qu'il soit, tremble, en apprenant qu'il existe des Juges incorruptibles qui pèsent dans la même balance l'homme qui repose sous le chaume et l'homme entouré du faste de l'opulence. Oui, camarades, secourir les opprimés, punir les oppresseurs, voilà le serment qui nous lie, le sentiment qui doit nous animer. — Toi Razmann, on m'a vanté ta conduite, je veux la connaître.

RAZMANN (*le bras en écharpe*)

Capitaine, je n'ai fait qu'obéir à tes ordres. Le peuple charmé de la mort du Comte, se portait en foule au château pour assouvir sa vengeance sur tous ceux qui avoient entouré ce tiran. Je veux m'y opposér : on me soupçonne, on me presse, on m'environne : une troupe de furieux armés de flambeaux se disposoit à mettre le feu aux magasins. A cette vue, quoiqu'affoibli par deux blessures, je rappelle ma vigueur, je fends la presse avec

mon

mon peloton, et opposant la force à la force je parvins enfin à dissiper ces incendiaires.

FORBAN.

Capitaine, il ne dit pas tout. Je l'ai vu s'élancer dans la foule, et arracher lui même le flambeau de la main d'un de ces furieux. L'incendie allait commencer, et sans lui le château ne serait plus aujourd'hui qu'un monceau de cendres.

ROBERT.

Razmann, viens que je t'embrasse. — Camarades, en me choisissant pour votre chef, vous m'avez donné le droit de récompenser et de punir. Je punirai avec sévérité, mais je récompenserai avec magnificence. Cent ducats sont désormais le prix d'une belle action, et c'est par toi, Razmann, que je commence. (*à Forban*). Forban, je te charge de les lui compter.

FORBAN.

Il suffit.

RAZMANN.

Ton approbation m'est plus chere que les cent ducats. Je les accepte pourtant, à condition que nul d'entre nous n'osera jamais les refuser. — Mais il me reste une autre faveur à solliciter.

ROBERT.

Quelle est-elle? parle......

RAZMANN.

Un jeune homme qui nous suit depuis plusieurs jours voudrait entrer dans ta compagnie. J'ai osé lui promettre que tu l'entendrais.

ROBERT.

Voyons. Qu'il paraisse (*Razmann va le chercher.* (*A part.*) Il court à sa perte, il faut l'en empêcher.

SCÈNE III.

LES PRÉCÉDENS, ROSINSKY.

ROSINSKY (*à part*).

Enfin, je vais donc voir ce Robert, cet homme étonnant !

ROBERT.

Approche ami, que cherches-tu ?

ROSINSKY.

Je cherche des hommes — oui des hommes, car je n'ai jusqu'ici trouvé que des tigres.

ROBERT.

Et qui t'amene parmi nous ?

ROSINSKY.

La fatalité de mon étoile, et l'injustice de mes semblables.

ROBERT *à part.*

Encore des plaintes !..... toujours des malheureux !..... et si jeune encore !....

ROSINSKY.

(*A part*) Dissimulons. (*haut*). Oui je suis jeune, mais les cheveux qui couvrent ta tête sont moins nombreux que mes revers.

ROBERT.

Et ! quel est ton dessein ?

ROSINSKY.

D'obéir à tes ordres, de vous suivre, de protéger avec vous le foible contre la tyrannie des grands, si telle est votre institution.

ROBERT.

Oui, ce sont nos statuts. Mais ta résolution n'est-elle pas l'idée d'une tête exaltée ? (*aux brigands*). Eloignés vous tous que je l'interroge.

(*Les brigands se retirent*).

SCENE IV.

ROBERT et ROSINSKY.

ROBERT.

Nous voilà seuls, bon jeune homme, as-tu

bien réfléchi ? Connois-tu la profondeur de l'abîme où tu te précipites ? Quoi il existe des loix, et tu fuis la société pour t'attacher à ceux qu'on nomme des brigands ? Quel est ton nom ?

ROSINSKY. *à part.*

N'allons pas nous trahir ! (*haut*) Je m'appelle Rosinsky.

ROBERT (*avec confiance*).

Rosinsky, écoutes ; — l'attrait d'une vie indépendante a pu éblouir ta jeunesse. L'abus de tous les pouvoirs, l'impuissance des loix, l'injustice de leurs ministres ont dû frapper ton imagination et révolter ta sensibilité. Mais nous qui punissons les méchants, quel droit avons nous de redresser leurs torts, de suppléer par la force à l'insuffisance des loix ? — Nous n'en sommes pas moins appelés des brigands, nos jugemens des crimes, nos arrêts des assassinats. — Crois-moi, si ton âme est flattée par l'espoir de quelque renommée, ah ! fuis jeune insensé ! il ne croit pas de lauriers parmi nous. Les dangers, la mort, l'infamie, voilà notre partage. (*Il se retire à l'écart.*)

Vois tu sur cette colline, cet affreux monument de la justice?..... C'est le tombeau qu'on garde à nos pareils.

ROSINSKY.

Qu'est-il encore à craindre pour qui ne craint pas la mort ?

ROBERT (*avec dédain*).

La mort ! — La mort n'est rien, — mais si tes mains étaient souillées du sang de ton semblable? Si tu portais sur ton âme le poids affreux d'un homicide !.... Jeune homme, tu ne dormirais plus. — Mon enfant, je te parle en pere (*il lui prend la main confidemment*) Tiens, je commande à trois cent hommes capables de tout entreprendre, et déterminés à mourir à mon premier coup d'œil, je puis disposer de cent mille ducats qu'ils ont mis en réserve comme la part de leur chef (*avec force*). Eh bien ! j'abandonnerais mon commandement, ces vils trésors et dix années de ma vie, pour goûter un quart d'heure le sommeil de l'innocence, — (*ému*). Eloigne-toi, te dis-je, je ne veux pas avoir ton malheur à me reprocher.

ROSINSKY.

(A part). Quelle élévation d'âme ! *(haut).* Non je ne vous quitte plus.

ROBERT *(le repousse.).*

Tu te perds malheureux......

SCENE V.

ROBERT, ROSINSKY, FORBAN.

FORBAN.

Capitaine, nous t'attendons pour le mot d'ordre des Vedettes.

ROBERT *(à Rosinsky en s'en allant).*

Je te laisse y rêver et je reviens.
(Robert et Forban sortent).

SCÈNE VI.

ROSINSKY *seul.*

Faisons tout pour qu'il me reçoive, et cachons lui surtout que je suis le fils de ce même Comte de Berthold dont il a reclamé la protection auprès de l'Empereur. Puisse ma derniere dépêche avoir touché le cœur de ce Monarque pour un infortuné d'un mérite aussi rare !

SCENE VII.

ROSINSKY, ROBERT *revient.*

ROBERT (*à Rosinsky*).

Eh bien, es-tu déterminé ?

ROSINSKY.

Déterminé comme à la mort.

ROBERT *après une réflexion.*

C'en est assez. Rosinsky, je te reçois dans ma compagnie; mais apprends que tout brigands que l'on nous nomme, le crime parmi nous est puni, et la vertu récompensée. Amis il est tems de relever les postes et de savoir où nous sommes.

WOLBAC *à Rosinsky.*

Allons camarade.

(*Wolbac, Razmann, Roller et tous les brigands à l'exception de Forban sortent avec Rosinsky. Celui-ci revient pour épier les actions de Robert, en se tenant dans l'éloignement*).

FORBAN *(à Robert).*

Notre marche nocturne a tellement brouillé ma géographie, que je ne sais pas même m'orienter.

ROBERT.

Je vois un laboureur qui pourra nous en instruire; qu'on l'amène. *(Forban va le chercher*). Quels monstres on rencontre dans la société ! C'est pourtant là que nous trouverons un jour nos juges, si je ne parviens à changer la face de cet empire.

SCENE VIII.

ROBERT, FORBAN, *des brigands dans le fond.*

UN PAYSAN *tenant par la main un enfant de 7 à 8 ans.*

LE PAYSAN *effrayé.*

Ah ! Messieurs..... Messieurs épargnez un pauvre homme.

ROBERT *(avec bonté).*

Rassurez-vous, mon pere, approchez ; vous n'avez pas de meilleurs amis que ceux que vous voyez autour de vous.

LE PAYSAN.

Pardon.... on parle de brigands qui sont retirés dans cette forêt, mais je vois bien que vous etes d'honnêtes gens.

ROBERT.

Encore une fois ne craignez rien, et dites nous où nous sommes.

LE PAYSAN.

Dans la Franconie.

ROBERT *étonné.*

Dans la Franconie ?

LE PAYSAN.

Sur les terres du Comte de Moldar.

ROBERT *à part.*

Dieux ! Je suis dans l'héritage de mes peres. Je respire le même air que Sophie. (*haut*). Ah ! mon ami, connaitriés-vous le vieux Comte de Moldar ?

LE PAYSAN.

Hélas ! J'étais autrefois son premier jardinier.

ROBERT.

Comment ! vous aurait-il renvoyé ? Lui qui aimoit tant à faire des heureux !

LE PAYSAN.

Ah ! Je le serais sans doute, s'il vivait encore.

ROBERT *(avec douleur)*.

Il est mort ! *(à part)*. O ciel..... et je n'ai pu fermer ses yeux. *(haut)*. Ah ! mon ami, quel bon maitre vous avez perdu !

LE PAYSAN.

Nous ne le savons que trop ; aussi n'est-il pas un seul homme dans le canton qui n'eut donné sa vie pour prolonger la sienne.... Quel convoi...... hommes, femmes, enfans, tout le monde y était et fondait en larmes. — Tenez, depuis sa mort, pas une bonne récolte, pas une bonne anneé. La grêle, les débordemens nous laissent à peine de quoi payer les impôts—. Quelle différence de lui à son fils !... Mais nous étions trop heureux, et les bons maitres ne vivent jamais assez long-tems. Adieu Monsieur. *(il veut s'en aller)*.

ROBERT.

Restez mon ami, restez. Votre journée ne sera pas perdue, *(en tremblant)*. Qu'elle fut dit-on, la cause de sa mort ? Son âge n'étoit pas si avancé.

LE PAYSAN.

Le chagrin que ses enfants lui ont causé.

ROBERT *à part.*

Ah ! Malheureux ! Chaque mot est un coup de poignard *(haut).* Quoi ! Ses deux fils.....

LE PAYSAN *attendri.*

Il ne lui en restait plus qu'un pour son malheur et le notre, l'aîné qui seul devait consoler sa vieillesse et devenir seigneur du canton, est sans doute mort puisqu'on n'entend plus parler de lui.

ROBERT.

Vous pleurez, bon vieillard ?......

LE PAYSAN *sanglottant.*

Je ne puis en parler sans avoir le cœur suffoqué. Ah ! le bon seigneur que cela aurait fait, comme nous serions heureux !

ROBERT *à part.*

Ah ! Robert ! quels biens tu as perdus ! *(haut).* Vous le connaissiez donc ?

LE PAYSAN *(avec un explosion de larmes).*

Si je le connaissais ? moi..... Tenez voici son Filleul. *Il lui présente l'enfant.*

ROBERT.

Du Comte de Molder ?

LE PAYSAN.

Non. De son fils Robert avec Sophie de Northal.

ROBERT.

Avec Sophie..... Sophie *(il le reconnait).* Ah ! c'est vous mon cher Guillaume....... et voici mon petit Robert !....... *(il l'embrasse avec violence).*

L'ENFANT.

Mon pere, il me fait mal.

LE PAYSAN *le sire.*

Vous m'effrayez, Monsieur........ Seriez-vous ?......

ROBERT *à part.*

Mon émotion me trahit. *(haut).* Ne soyez pas étonné de me voir si bien instruit. J'ai connu Robert de Moldar à l'université de Leipsic. Il etait mon meilleur ami ; tous les secrets de son cœur m'étaient connus. Recevez ce présent de sa part. Je suis sur qu'il m'en tiendra compte. *(Il lui donne une bourse).*

LE PAYSAN.

C'est trop , Monsieur ,..... c'est trop. Ma femme ne croira jamais......

ROBERT.

Garde tout , mon ami , tout , tout. *(avec un soupir).* Et que fait-elle ? que fait la charmante Sophie ?

LE PAYSAN.

Ses jours se consument dans la tristesse, son seul plaisir est de soulager les pauvres.

ROBERT.

Céleste créature !..... Et son époux?

LE PAYSAN.

Son époux ?.... Elle n'est pas mariée......?

ROBERT (*le prenant par la main*).

Que dites-vous ? (*avec sensibilité*). Elle n'est pas mariée !....

LE PAYSAN.

Non. Il s'est présenté bien des Comtes, des Barons, mais elle a refusé tous les partis, ils ressemblaient trop peu à l'époux qui lui était destiné, à Robert !

ROBERT (*vivement*).

Elle ne l'a pas oublié ?

LE PAYSAN.

Oh bien, oui, oublié ; on n'a pas plutôt prononcé son nom devant-elle que les larmes lui viennent aux yeux. Encore hier elle était venu apporter un habillement tout complet à son filleul. Tiens, mon petit ami, a-t-elle dit en l'embrassant, c'est peut-être le dernier présent que je te fais, car je n'ai plus de bonheur sur la terre depuis que tu as perdu ton parein.., parrein...... Elle s'est mise à pleurer, et nous aussi. — Qu'avez-vous, Monsieur, vous vous trouvez mal?....

ROBERT *abatu.*

Elle l'aimeroit encore? lui..... un malheureux..... un brigand....

LE PAYSAN.

Quel nom lui donnez-vous? oh! reprenez votre argent..... Je ne veux rien devoir à l'ennemi de mon bienfaiteur.

(il lui jette la bourse et veut s'en aller).

ROBERT *(la ramasse et court à lui -*

Que faites vous? gardés le, je vous en conjure. Sophie l'aimerait! — lui serait restée fidele! *(il tire sa lettre)* oh! les cruels comme ils m'ont trompé!.....

LE PAYSAN.

Oui, l'on vous a trompé. — S'il est malheureux aujourd'huy, c'est pour avoir été trop bienfaisant, et moi, je serais criminel de lui être encore à charge. — Reprenés votre argent.

ROBERT *(le repoussant)*

Moi, que je le reprenne! ami! que dirait l'amant de Sophie?

LE PAYSAN.

Croyés donc qu'elle ne l'aimerait pas, s'il était l'homme que vous dites.

ROBERT *après un silence.*

C'en est fait. Je n'y puis résister........ Il faut que je la voye, que je me jette à ses pieds. *(aux brigands)*. Qu'on fasse sceller trois chevaux. Vous Wolbac et Roller, vous me suivrés. — Camarades, apprenés que ce territoire est sacré. Le premier d'entre vous qui pendant mon absence osera toucher un fruit, attenter à la moindre propriété, foi de Capitaine, aura vu le soleil pour la derniere fois.

Ils sortent tous ainsi que Rosinsky qui pendant cette Scene a fait connaître par ses gestes sa surprise et son admiration sur le caractere de Robert.

Fin du deuxieme acte.

ACTE III.

SCENE I.

Le Théâtre représente d'un côté le Château de Moldar, de l'autre un jardin mganifique avec des bosquets, sur le devant un banc de gazon.

ROBERT *seul.*

(Après avoir fixé tous les objets qui l'environment avec attendrissement).

Les voilà donc les lieux de ma naissance !... Ce château d'où je devois un jour répandre mes bienfaits sur un peuple qui m'aurait adoré ! ..... Ce bosquet où Sophie a reçu mes premiers sermens..Ce gazon où si souvent assis nous confondions no sames dans les épanchemens d'une tendresse mutuelle.... Oh ! bien aimé*, maison de mon pere tu as vu le jeune Robert, et le jeune Robert étoit un enfant heureux; aujourd'hui tu le revois homme, et il est dans le désespoir. Il revient à toi, étranger, proscrit, chargé de malédictions....... O jours de mon enfance, qu'êtes-vous devenus ! Ma Sophie ! Je vais te revoir !..... Je tremble...... mes genoux s'affaissent.... Une sainte frayeur pénétre tous mes sens..... (*Il tombe accablé sur un banc de gazon puis se relève*). O douleur ! O remords ! n'empoisonnés pas ce seul instant de joie, et j'abandonne à vos tourmens tout le reste affreux de ma vie. — Malheureux ! Je n'ai point à craindre d'être reconnu. Ah ! ma voix est changée comme les traits de mon visage. (*il écoute*). Qu'entends-je ?..... (*il tremble*). On vient. C'est-elle sans doute... (*il s'encourage*). Robert..... Robert ! tu sais braver la mort, et tu ne peux supporter les regards d'une femme ! remettons nous. Ah ! je ne puis. Fuyons..... (*Il sort dans une agitation terrible et d'un pas précipité*).

SCÈNE II.

SOPHIE, RAYMOND *en soldat.*

SOPHIE *un portefeuille et une lettre à la main.*

Ah ! malheureuse ! que vais-je devenir ! il est mort.

RAYMOND.

Pardonnés moi les larmes que je vous fais répandre, l'amitié l'ordonnait......

SOPHIE.

Il est mort!

RAYMOND.

Oui, mais de la mort des héros. Le premier il arbora l'aigle Impériale au milieu du camp du Sultan, déja blessé trois fois il combattait encore quand un coup de mousquet l'abattit à mes pieds. C'est dans cet état que transporté sous une tente, il écrivit cette lettre d'une main défaillante...... *(à part)* sa douleur me pénètre.

SOPHIE.

Il est mort et avec lui tout le bonheur de Sophie.

RAYMOND.

Toute l'armée a regretté sa perte et rendu justice à sa valeur.

SOPHIE.

Ah! je sais trop de quoi son cœur était capable *(avec résignation)* mon ami je vous remercie. *(à part)* La vie depuis longtems est un fardeau pour moi, cette nouvelle pourra m'en délivrer *(à Raimond qui s'en va)* écoutés, sa fortune sans doute ne lui a pas permis de reconnaître vos soins; je dois m'en acquiter pour lui, acceptés je vous prie ce diamant *(elle pleure amèrement)*

Ah mademoiselle croyés..... *(à part)* quel cœur j'afflige!...... je n'y puis plus tenir — sortons. Je découvrirais tout...... *(Il sort précipitament)*

SCÈNE III.

SOPHIE *(seule et accablée.)*

C'en est fait, il n'est plus — le seul espoir qui me reste est de le suivre. Consolons nous, mon cœur me dit que je ne souffrirai pas longtems. O Robert — Robert !....... pourquoi mourir le premier? pourquoi me laisser seule dans un monde où je n'aimais que toi ? — Arbres...... bosquets....... gazons...... il ne vous verra plus..... plus jamais, allons il faut quitter ce château, on m'y parlerait encore d'amour, quand je ne désire plus que la mort — il me vient une idée...... je puis me retirer chez Guillaume, adopter ses enfans, faire le bonheur de toute sa famille....... — là on ne m'entretiendra que de Robert, de lui seul...... ils respecteront ma douleur, ils pleureront avec moi. — ah! je sens qu'on est moins malheureux quand on peut encore être bienfaisant.

SCÈNE IV.

SOPHIE ET MAURICE.

MAURICE. *(d'une feinte tristesse)*

Je vois trop, mademoiselle que vous êtes instruite de la perte que nous venons de faire — elle est commune à tous deux, et notre devoir est de confondre nos larmes.

SOPHIE.

Ce soldat était donc aussi chargé pour vous par votre frere...... ah! nous sommes affectés trop différemment pour pouvoir pleurer ensemble. — moi, je perds tout, tout. — et vous, vous triomphés.

MAURICE.

L'intérêt ne saurait altérer mes sentimens. Je suis loin de blamer votre douleur.

SOPHIE *(avec un soupir)*

ah! si vous l'approuvés, pourquoi donc l'interrompre?

MAURICE

J'ai craint qu'on n'eût pas assés ménagé votre sensibilité, et je venais raffermir votre âme contre le coup mortel que cette nouvelle a dû vous porter.

SOPHIE.

Mon cœur a besoin de solitude; et n'est en état ni de donner ni de recevoir des consolations. *Elle veut s'en aller.*

MAURICE *(la retient)*

Quoi! toujours me fuir! me reprocher jusqu'au sentiment qui m'attache à vos pas! j'ai dû vous pardonner un instant d'humeur que mon trop d'empressement a provoqué sans doute; mais le terme de mépris vous est échappé, et vous sentés combien ce mot est révoltant pour un cœur qui n'est ni moins noble ni moins élevé que celui de Robert.

SOPHIE.

Ah! jouissés des biens que sa mort vous laisse; mais au nom du ciel, et de mes larmes, n'insultés pas à sa cendre.

MAURICE.

Dites moi au moins belle sophie........ que vous ne me méprisés pas.

SOPHIE.

Je ne puis plus haïr ni mépriser. Hélas! tout dans l'univers m'est désormais indifférent.

MAURICE.

Ah! Sophie, si la mémoire de Robert vous est chère, que ne remplissés vous ses dernieres volontés, en recevant de ma main le rang et la fortune qu'il vous destinait? votre sort est de regner sur les deux freres. Venés, tout est prêt, l'autel vous attend; soyés l'épouse de Maurice, et tout est à vos pieds.

Sophie. *étonnée.*

Moi! votre Epouse!

Maurice.

Mon offre est-elle un déshonneur?

Sophie *(montrant la lettre qu'elle croit de Robert)*

O mon Robert! auprès de ton cercueil, vois ce monstre outrager ta veuve!

Maurice *d'une fureur étonnée.*

Vous osés refuser?........

Sophie *fierement.*

Et toi qu'oseras-tu?

Maurice.

Vous êtes en ma puissance.......

Sophie.

Les loix me protégeront.

MAURICE.

Songés qu'après avoir prié, je pourais vous parler en maître.

SOPHIE.

Ce dernier trait manquait à toutes tes perfidies.

MAURICE *la prend par la main.*

Il faut donc vous prouver.

SOPHIE *se débat.*

Quoi ! Jusqu'à la violence ;

MAURICE *l'entraine.*

Oui, dussé-je vous trainer à l'autel.... Je veux...... J'exige....

SOPHIE *lui arrache son poignard.*

Ah ! Scélérat ! (*Il la quitte. Elle applique le poignard à son sein*), Je ne te crains plus.

SCENE V.

MAURICE, SOPHIE, ROBERT.

ROBERT *à Maurice.*

Que faites-vous? Monsieur, qui que vous soyez, respectez une femme; cessez de l'outrager.

SOPHIE.

Aux dépends de ma vie j'allois prévenir son attentat. *(Elle jette le poignard, Maurice le ramasse).*

MAURICE.

Mais vous qui osés me donner des leçons qui êtes-vous? De quel droit entrez-vous ici, et qu'y venés-vous faire.

ROBERT.

Je suis le Baron d'Albert. Je cherche une demoiselle qui demeure dans un des pavillons de ce château.

MAURICE.

Son nom?

ROBERT.

Sophie de Northal.

SOPHIE.

Qui? moi ! hélas ! qui peut encore s'intéresser à mon sort?

MAURICE.

De quelle part?

ROBERT.

C'est un secret que je ne suis point chargé de vous confier.

MAURICE.

Savez-vous qu'ici tout est soumis à mon autorité, et que je puis faire punir l'insolent qui oserait y résister. Encore une fois de quelle part, vous dis je? répondés, votre vie en dépend.

SOPHIE *à Robert.*

Ah ! parlés je vous en conjure...... que je ne sois pas la cause d'un malheur. Je n'ai rien dans mon âme qui ne puisse être connu.

ROBERT.

Je méprise ses menaces, mais vous le voulez, il suffit. Apprenés donc que c'est de la part de mon ami Robert le Comte de Moldar.

SOPHIE *fait un cri.*

De Robert ?

MAURICE *étonné.*

(A part). De mon frere ! Un frisson mortel m'a saisi. *(Il examine Robert).*

SOPHIE.

Ah Monsieur, je sais trop qu'il n'est plus de Robert pour moi !

ROBERT.

Que dites vous ? plus de Robert ! *(à part).* Malheureux !

SOPHIE.

Lisés vous-même. Voici la lettre qu'il m'a écrite avant sa mort, et qu'un soldat vient de me remettre.

ROBERT *(étonné)*.

Une lettre.... Avant sa mort.... Remise par un soldat.... Permettés *(il lit)*.

MAURICE *inquiet fixe Robert.*

Ses traits....... Sa taille......... Sa démarche.....

ROBERT *(lit)*.

Cette lettre est une perfidie. et le soldat un imposteur. — Robert de Moldar est vivant.

MAURICE *effrayé à part.*

Qu'entends-je ?

SOPHIE.

Il vivrait ! Dieux !

MAURICE *(à part)*.

Mon projet est détruit.

SOPHIE *avec sensibilité.*

Ah ! ne trompez pas ma douleur....... Il vivrait !

ROBERT.

Je l'ai vû, je lui ai parlé.

MAURICE *à part.*

Serait-ce lui-même ?

SOPHIE.

Où, dans quels lieux, dans quels pays ?

ROBERT.

Dans notre Franconie.

MAURICE *à part.*

Que ce soit un autre ou Robert, il faut d'abord m'en assurer. *(il sort).*

SCENE VI.

SOPHIE et ROBERT,

SOPHIE *le mouchoir sur les yeux.*

Ah ! S'il savait les pleurs que j'ai versé pour lui, il ne se pardonnerait pas de m'avoir abandonnée.

ROBERT

ROBERT *avec chaleur.*

Lui, vous abandonner ! mais quoi banni de la maison paternelle, deshérité, proscrit, persécuté de toutes parts, que pourrait-il vous offrir ?

SOPHIE.

Une chaumière et son cœur, je n'aurais rien à désirer.

ROBERT.

Malheureux comme il est.....

SOPHIE *l'interrompant*

Ah ! quelque soit son sort, mon bonheur est de le partager.

ROBERT.

Son sort, il est affreux.

SOPHIE *le prenant doucement par la main.*

Parlés, est-il dans le besoin?..... Il me reste encore des bijoux.... Je ne les eusse portés que pour lui plaire, il me sera doux d'en être privé pour lui, venez. — *(Elle le regrde.)* Que vois-je ! vous pleurez?

ROBERT *à ses genoux.*

Ah Sophie !

SOPHIE *égarée.*

Mon Robert !

ROBERT.

Bien indigne de vous.

SOPHIE *crie.*

C'est impossible...... On vient, levés-vous et dissimulez, ou nous sommes perdus tous deux.

SCENE VII.

ROBERT, SOPHIE, MAURICE, plusieurs Gardes.

MAURICE *aux Gardes.*

Le voilà. Courrés tous, assurés vous de lui et qu'on l'emmene à la tour. Vous m'en répondrés sur vos têtes. *(Les Gardes veulent le saisir).*

ROBERT *leur présente deux pistolets.*

Misérables ! le premier qui s'avance est mort.

MAURICE *aux Gardes.*

Que tardés vous ?

SOPHIE *se jette entre eux.*

(A Maurice). Vous oseriez..... Un étranger..... L'ami de votre frere...

ROBERT *à Maurice.*

C'est toi que je devrais punir de violer en moi l'hospitalité, toi qui n'as de courage que pour outrager une femme.

MAURICE *aux Gardes.*

Vous l'entendés, et restés indécis ?.....

SOPHIE *troublée.*

Quel est son crime ? Qu'a t-il fait ?

MAURICE *aux Gardes.*

Ne voyés vous pas que c'est un des brigands qui infectent cette contrée et dont la tête est mise à prix ?

SOPHIE *plus troublée.*

Lui ! un brigand ! Ah ! ne le croyés pas, c'est l'ami de son frere, de Robert votre bienfaiteur.

MAURICE.

Si ses intentions sont pures, il n'à rien à craindre, je lui rendrai justice, mais je veux avant tout qu'il dépose ses armes et se livre à ma discrétion.

ROBERT.

Monstre ! à ta discrétion ! apprends que je ne perdrai la liberté qu'avec la vie.

MAURICE.

Eh bien, Gardes, obéissés.

SOPHIE *tombant sur un banc.*

Ah ! dieux !

(Les Gardes le couchent en joue, il les attend le pistolet à la main).

SCENE VIII.

Les précédens, FORBAN, WOLBAC, ROLLER.

Ces trois derniers arrivent à grand bruit par différens côtes, le sabre à la main, et suivis de plusieurs autres brigands.

WOLBAC *derrière la scene.*

Le Capitaine..... Mille tonnerre ! où est le Capitaine ?

FORBAN *suivi d'autres.*

Mort et condamnation ! où est-il ? où est-il ?

ROLLER.

Le voici. *(aux Gardes)*. Arrêtés, malheureux !

FORBAN.

Bas les armes.... Vous hésités ?

WOLBAC *les menaçant.*

Bas les armes, vous dis je, ou votre vie n'est qu'un rêve.

ROBERT.

Wolbac, point de violence.

ROLLER à ROBERT.

Que veux-tu que nous en fassions?

ROBERT.

Je veux qu'on les épargne, ils sont assés malheureux d'être les esclaves d'un tyran, (*à Forban d'un ton sévère,* mais vous Forban, que faites vous ici ? Roller et Wolbac sont les seuls qui devaient me suivre.

WOLBAC.

La vue des gens armés qui remplissent les cours du chateau m'avait donné quelqu'inquiétude. Je me melai dans la foule, et j'appris que ce château devait être attaqué par des brigands dont le chef étoit venu lui même reconnaître les lieux. J'ai craint pour tes jours, et crus devoir demander le renfort que Forban s'est chargé d'amener.

ROBERT.

Dieux ! Elle se trouve mal, (il la soutient).

SCENE IX.

LES PRÉCÉDENS, ROSINSKY *accourt.*

ROSINSKY *à Robert en secret.*

Un corps de troupes considérable se fait appercevoir du haut de cette colline, dans une demie heure, elles seront au pied de ce château, je viens t'en prévenir et recevoir tes ordres.

ROBERT (*en soutenant Sophie*)

Qu'on s'apprête à partir. (*plusieurs brigans sortent*).

ROLLER *en montrant Maurice.*

Et qu'ordonnes-tu de ce malheureux?

ROBERT.

Rien. (*à Sophie*) rassurés vous, madame.

WOLBAC.

Il pourrait nous servir d'otage.

ROBERT *d'un ton ferme.*

Wolbac, tréve de conseils ! (*à Sophie respectueusement*) reprenez vos esprits, consolez-vous, madame, Robert ne saura pas l'accueil que l'on a fait à son ami — Vous le reverrez sans doute, car son courage doit étre au-dessus de ses malheurs, puisqu'il est aimé de Sophie (*à Maurice*) et vous, si vous aimez la vie, respectez cette personne ; malheur au misérable qui oserait lui faire le moindre outrage (*à Forban*) je te charge, Forban, de faire veiller sur elle. (*à Sophie*) où voulez-vous, madame, qu'on vous conduise.

SOPHIE.

Ah ! chez Guillaume le fermier.

ROBERT.

Forban, douze hommes à sa porte.

FORBAN.

Comptés sur moi, j'en réponds sur ma téte.

Sophie est suivie de Forban et de plusieurs brigands, Robert salue respectueusement.

ROBERT *aux brigands.*

Allons.
(Il sortent tous en se mocquant de Maurice devant lequel ils passent).

SCENE X.

MAURICE *furieux.*

Je l'ai donc enfin reconnu ! oui, c'est mon frère..... mon rival.... c'est Robert lui-même qui est à leur tête ! il venait me braver, et les malheureux me laissent à la merci de ce brigand.
(Il se jette de dépit sur un banc de gason et réfléchit.

SCENE XI.

BERTRAND.

Je viens vous rendre compte de la mission dont vous m'avez chargé.

MAURICE *effrayé.*

Je sais tout, le comte de Marbourg est mort

assassiné, Bertrand, le même sort peut être me menace.

BERTRAND.

On vient à votre secours, plusieurs régimens paroissent dans la plaine.

MAURICE.

Est-il bien vrai, Bertrand, ne t'es-tu pas trompé ?

BERTRAND.

Ils seront tout-à-l'heure aux portes du château. La retraite des brigands est découverte, et déja, l'on s'apprête à marcher sur leurs traces.

MAURICE *avec transport.*

Qu'on s'attache sur-tout à la personne de leur chef. Mort ou vif, qu'il me soit livré... à cette condition on peut offrir la vie aux autres, (*à part*) Sophie, Robert..... Misérables..... Tremblez, l'instant de ma vengeance approche.

Fin du troisième Acte.

ACTE IV.

SCENE PREMIERE.

Le théâtre représente une forêt sombre, les brigands sont dispersés par groupes, les uns couchés à terre jouent aux dez, d'autres boivent, fument ou dorment. D'un côté, sur le devant, est Razmann le bras en écharpe, examinant avec attention des papiers, et se servant de tems en tems d'un crayon qu'ils tient dans la main. De l'autre côté sur le devant, est un brigand qui ferme un livre, et semble continuer une conversation avec deux de ses camarades. On voit à terre des cruches pleines de vin et des verres.

UN BRIGAND *fermant un livre.*

Oui, je le soutiens à la honte du siècle, notre race est abâtardie. L'homme d'aujourd'hui ne ressemble pas plus à l'homme d'autrefois, que la vie d'un bûcheron à celle d'un sybarite, ou la tête d'un petit maître au buste de Marius. — Tenez, quand j'ai le cerveau farci de quelques pages de Plutarque, et que mes réflexions se tournent par hasard sur les petites intrigues, et le caractére chétif de mes contemp rains, je crois sortir d'un cercle de grands hommes pour m'amuser un instant à voir danser des marionnettes.

UN SECOND BRIGAND.

Bravo! un verre de vin là dessus et ton raisonnement n'en vaudra que mieux (*ils se versent à boire*)

RAZMANN *examine des papiers*

Qu'elle abomination! Voilà des preuves sans replique.

LE PREMIER BRIGAND

après avoir lû.

N'es tu pas de mon avis, Razmann?

RAZMANN *en colère.*

Laissés moi..... je suis indigné contre tout ce qui porte le nom d'homme, ce baron de Starfels est un monstre.

LE PREMIER BRIGAND.

C'est pour le juger que le tribunal s'assemble demain. Le capitaine m'a chargé de le défendre; mais comment faire? J'ai parcouru tout le canton pour recueillir un seul fait qui pût parler en sa faveur; mais rien. — Et j'aurais pu former un volume des véxations qu'il a commises.

RAZMANN *examine les papiers.*

Tenir un vieillard dans les fers!.... pendant quinze mois! l'ôter à sa femme!........ à ses enfans..... ruiner toute une famille! — pour un coup de fusil tiré sur un chevreuil!..... (*pensif*, il *continue*) sur un chevreuil! et de pareilles horreurs se commettent dans la Germanie!..... et dans le quinzième siècle encore! Sur ce peuple que César, sût dompter sans jamais pouvoir le rendre esclave. — Mort de mon âme! Camarades, croyons en notre capitaine. Ne bornons pas nos exploits à punir les oppresseurs de notre patrie, rendons nos bienfaits universels. Analysons les droits que la nature a départis à notre espèce, adressons ce manifeste à tous les peuples courbés sous le joug des tyrans, à tous les hommes encore capables de sentir la dignité de leur être. Réveillons nos compatriotes, qu'ils se réunissent à nous, et la Germanie deviendra un état libre auprès duquel et Rome et Sparte n'auront été que des couvens de nones. A boire, camarade (*on lui verse à boire*) à la santé du capitaine Robert.

LE PREMIER BRIGAND *se verse à boire.*

De notre général Robert.

UN SECOND BRIGAND.

Du grand réformateur Robert.

UN TROISIEME BRIGAND *boit.*

Du premier des hommes, Robert

RAZMANN *après avoir bû, égoute son verre.*

Que n'est-ce là le sang du dernier des tyrans !

LE PREMIER BRIGAND.

Je donnerois le mien pour l'obtenir.

RAZMANN.

Patience ! leur règne finira. — Rappellez-vous les paroles du capitaine, quand après l'avoir attaqué dans les forêts de la Bohême nous tombâmes à ses pieds pour le prier d'être notre chef — « oui je le serai, nous « dit-il, si vous me jurez d'être justes. Rome « fut fondée par des brigands, et Rome n'en « devint pas moins la maîtresse du monde ; « que cet exemple vous inspire, et faisons « pour la *Germanie*, ce *qu'ils firent* pour l'u- « nivers ». Robert nous l'a promis, Camarades, il tiendra sa parole.

LE PREMIER BRIGAND.

Il n'est rien de si grand dont il ne soit capable, mais son projet exige.....

RAZMANN *l'interrompt.*

De la tête, du cœur, et des bras dévoués à Robert....

LE PREMIER BRIGAND.

Voici sans doute le capitaine.

SCENE II.

LES PRÉCÉDENS, FORBAN.

FORBAN.

Robert est de retour. N'est-il rien arrivé

depuis son départ !

RAZMANN.

Rien ; mais chez vous y a-t-il eu quelqu'escarmouche ?

FORBAN.

Non, pas une chiquenaude, (*il se verse à boire.* On allait faire sauter la cervelle au capitaine, nous sommes arrivés à tems et tout s'est pacifié.

TOUS LES BRIGANDS *avec intérêt.*

Au capitaine !

RAZMANN.

Et vous en êtes restés-là ?

FORBAN.

Il nous a défendu d'agir. Le voici. — S'il en est qui soyent pris de vin, je leur conseille de se retirer, car il est d'une humeur de Tigre.

SCENE III.

SCÈNE III.

LES PRÉCÉDENS, ROBERT, WOLBAC, ROLLER et AUTRES.

Tous les brigands qui sont couchés se lèvent à son arrivée).

ROBERT *voyant des bouteilles de vin*

Que s'est il passé ici?

RAZMANN.

Nous avons bu à ta santé, capitaine, j'ai écorné le rouleau de ducats dont tu m'as gratifié.

ROBERT *froidement.*

Tu pouvois en faire un meilleur usage. — Laissez moi, j'ai besoin d'être seul *(tous les brigands sortent à l'exception de Razmann et Forban qui se tient dans l'éloignement, tant que Robert et Razmann parlent ensemble.*

RAZMANN.

Voici le rapport dont tu m'as chargé, et que viens d'achever.

F

ROBERT *regarde le papier, puis d'un ton sévère.*

Contre le baron de Starfelds ! — Comment ! un travail de cette importance....... Fait dans une orgie...... le verre à la main....... le cerveau échauffé !....... et tu oses me le présenter !

RAZMANN.

Capitaine, je me souviens de mes sermens, et connois mon devoir. Ma tête étoit saine, et mon cœur juste quand je le fis. — je provoque sur moi-même toute la sévérité du tribunal, si l'on peut me convaincre de la moindre exagération.

ROBERT.

Il suffit. Demain aux premiers rayons du jour le tribunal s'assemble, tu peux t'y préparer ; mais c'est des faits....... des faits surtout qu'il nous faut. (*il lui rend son rapport*).

RAZMAN.

Vous n'en manquerez pas. (*Il sort*)

SCÈNE IV.

ROBERT et FORBAN.

FORBAN.

Un mot, capitaine.

ROBERT.

Parle.

FORBAN.

Nous avons parmi nous un traître, et c'est à toi qu'il en veut.

ROBERT.

Nomme-le.

FORBAN.

Rosinsky. —Tu nous quittais à peine que me promenant à deux pas d'ici, j'entrevois un homme qui, à la faveur des broussailles sembloit épier nos démarches. Son air mistérieux me frappe, je m'approche, il veut fuir, je l'arrête, effrayé par mes menaces, il s'avoue chargé d'une lettre pour Rosinsky; ce nom redouble ma curiosité; je le questionne, il se trouble, il balbutie, je lui présente un pistolet; à cette vue, il se jette à mes pieds et ajoute que le nom de Rosinsky lui paraît un nom supposé ; que des dépêches importantes arrivées dans le jour exigent sa présence au village voisin où il est attendu par un courrier. — Cette lettre au surplus pourra débrouiller l'énigme. *(Il lui donne la lettre.)*

ROBERT *(la regardant)*.

Elle est cachetée.

FORBAN.

Capitaine, songe que ta tête est mise à prix, ce jeune homme veut la livrer, voilà mon avis.

ROBERT.

Il suffit. Qu'on m'envoye Rosinsky. *(Forban sort). Robert met la lettre dans sa poche, et se jette accablé au pied d'un arbre.*

SCÈNE V.

ROBERT *(seul)*.

Quelle destinée ! tout conspire contre ma vie. - - Un seul être dans le monde s'intéresse à moi ; c'est sophie... Et il faut la fuir pour toujours ! — ah maurice ! jamais, non jamais je ne t'ai offensé, et tu as empoisonné le seul instant de joie que huit ans d'infortunes eussent offert à ton frere (*avec résignation il se lève*) n'en doutons pas, il des hommes faits pour éprouver tous les malheurs, des hommes que le destin s'acharne à poursuivre sans relâche, et sur qui pèse invariablement la main de la fatalité. Il faut remplir mon sort,

---

SCÈNE VI.

ROBERT, ROSINSKY
(*et successivement tous les autres.*)

ROBERT (*à Rosinsky.*)

Approche, (*il le fixe long-tems*) Rosinsky, on te soupçonne d'une trahison.

ROSINSKY (*étonné*)

Moi !

ROBERT.

Toi-méme.

ROSINSKY

J'en suis incapable, voilà toute ma réponse.

ROBERT.

J'aime à le croire. — Ecoute, je ne crains rien d'un homme généreux, et j'estime trop peu ma vie, pour la disputer à un traître. Mais malheur à qui oserait attenter à celle de mes camarades.

SCÈNE VII.

LES PRÉCÉDENS,

FORBAN. (*accourt*)

FORBAN

Capitaine, nous sommes découverts, plusieurs Régimens sont à l'entrée de la forêt — qu'ordonnes-tu!

ROBERT (*calme.*)

De nous réunir et de les attendre (*il fixe Rosinsky.*) eh bien! Rosinsky!. Cette nouvelle

(*il tire froidement la lettre et la lui donne*) voici la lettre qu'on t'écrit.

ROSINSKY (*étonné*)

Une lettre.... On m'a trahi.... (*Il prend la lettre, rompt le cachet et la présente à Robert*) tiens, lis et juge moi.

ROBERT (*la repousse*)

Tu l'offres, c'est assez.

ROSINSKY (*allant au capitaine.*

Capitaine, bientôt tu me connaitras mieux, (*à part en s'en allant*) Voyons par cette lettre, si j'ai pu réussir à sauver cet homme si rare. (*Il sort*).

SCÈNE VIII.

ROLLER (*suivi de plusieurs Brigands.*

Aux armes, aux armes, Capitaine, dans six minutes nous sommes environnés.

RAZMAN (*suivi d'autres*)

Capitaine, plusieurs milliers de dragons, de

chasseurs et de hussards parcourent la forêt, et forment un cordon autour de nous.

WOLBAC (*suivi d'autres*

Mille tonnerre ! nous allons leur donner de l'exercice ; Capitaine, tu sais ce qui se passe.

ROBERT (*calme*)

Forban, ta troupe est-elle réunie? Combien sommes nous ?

FORBAN.

Trois cent dix dont quatre blessés en comptant Razmann.

RAZMANN.

Je n'ai pas le tems de l'être aujourd'hui (*à un Brigand)* ôte-moi cette écharpe, je suis gueri.

ROBERT.

Avons nous des munitions?

FORBAN.

En abondance.

RAZMANN *saute de joie.*

De la poudre et du plomb de quoi exterminer une armeé.

ROBERT.

Vos armes sont elles en état.

TOUS LES BRIGANDS.

Oui, oui.

ROBERT.

Amis, préparez vous, la journée sera chaude, (*aux brigands*). s'il en est parmi vous qui craignent le danger, il est encore tems, qu'ils se deshabillent et se retirent, je dirai que ce sont des voyageurs que nous avons dépouillés.

FORBAN.

Je réponds des miens, nous tomberons sur eux comme des lions affamés.

RAZMANN.

Le même courage nous anime tous, point de quartier sur tout.

WOLBAC.

Point de quartier, je le jure foi de brigand. Allons, capitaine. commande, nous te suivrons dans les gouffres de l'enfer. (*Ils se rangent pour sortir*).

UN BRIGAND *arrive.*

Capitaine, un envoyé de nos ennemis, qui se dit chargé de paroles de paix, demande à nous parler.

ROBERT *après un silence.*

Qu'il vienne......

(*le brigand le fait approcher.*)

SCENE IX.

LES PRÉCÉDENS, un AUMONIER.

L'AUMÔNIER.

Messieurs, c'est un ministre de la religion qui parait devant vous. Je suis seul, mais derriere moi sont trois mille hommes qui veillent sur ma vie.

ROBERT.

Approchés, et parlés sans crainte. Qu'elle est votre mission !

L'AUMÔNIER.

Le magistrat souverain qui prononce sur la vie et la mort de vos pareils, me députe vers vous. (*à Robert*) Mais c'est à vous surtout qu'il m'adresse, à vous le chef de ceux qui vous entourent et marchent sous vos ordres, à vous dont l'existence n'est qu'un cercle de meurtres, et dont la main dégoûte encore du sang du Comte de Marbourg. Comptez vos crimes et jugés par leur nombre quel doit être votre supplice. Eh bien ! si vous consentés à vous rendre, si vous vous remettés à la clémence du magistrat, il va fermer les yeux sur la moitié de vos forfaits, et de mille morts qu'ils ont méritées, peut être même la plus douce peut encore vous être sauvée.

Les brigands font tous un mouvement d'indignation.

WOLBAC (*à Robert.*)

Mort et malédiction ! il me prend une envie de lui couper la parole à coups de sabre.

ROLLER (*à Robert.*)

A moi.... à moi..

ROBERT (*aux Brigands*)

Qu'aucun de vous n'ait la hardiesse de l'approcher! (*à l'aumonier*) monsieur, vous nous voyés trois cent, accoutumés au feu, et incapables de fuir. Autour de nous sont, je le sais, trois mille hommes au moins blanchissons le mousquet. Eh bien! écoutés ma réponse. J'ai rompu, il est vrai, toute subordination et partout j'ai porté l'épouvante aux méchants. Oui, le sang de l'oppresseur Marbourg teint encore les vêtemens qui me couvrent. Mais ce n'est pas assez, il (étend la main et ôte un anneau de son doigt,) j'arrachai ce rubis de la main d'un ministre qui, pour satisfaire son luxe effréné dilapidoit les trésors de l'état en prodiguant aux Courtisans la substance des peuples opprimés; je le rencontrai à la chasse environné de flatteurs, un coup de poignard mit fin à ses oppressions, mon tribunal l'avoit jugé.

L'AUMONIER (*sans chaleur et croisant les bras.*

Vous osés avouer un tel meurtre!

RAZAMANN.

Hercule cachoit-il les siens !

ROBERT.

Ce diamant fut celui d'un lâche magistrat qui trafiquait de la justice, et faisait plier à son gré les loix dont il était l'organe. Il venoit de ruiner deux peres de famille, pour enrichir un des parens de sa maitresse, mon tribunal prononça son arrêt.

WOLBAC.

Et moi je l'exécutai.

ROBERT.

Ce saphir enfin me rappelle tous les vices des gens de votre ordre, il étoit au doigt d'un prélat hypocrite, qui prêchait le jeûne, et la continence ; en passant sa vie dans la débauches ; l'insolence de son faste, le débordement de ses mœurs scandalisaient le peuple, dont il avait eu l'art de fasciner les yeux, pour être élu ; les portes de son palais qui ressemblait à la demeure d'un sybarite, s'ouvraient avec fracas à l'approche du libertin titré, et une armée de valets en écartait avec outrage l'aveugle octogenaire qui venait implorer sa pitié. Il s'échappait des bras d'une femme impudique, pour aller à l'autel commettre un nouveau sacrilège. Je l'y surpris et lui perçai le cœur.

L'AUMÔNIER, (*furieux.*)

Un Prélat! et l'enfer ne s'est point ouvert sous tes pas?

ROBERT (*d'un ton glacé.*)

Non, il s'est fermé sur les siens....

FORBAN (*riant.*)

Il lui faisait là un assez beau présent...

L'AUMÔNIER (*l'interrompant en colère.*)

Qui t'a rendu son juge? qui t'a donné le droit de le punir?

ROBERT (*fièrement.*)

Qui!... l'injustice des tribunaux qui s'en laissaient corrompre, et l'impuissance des lois qui ne pouvaient plus les atteindre. Depuis trop de siècles le faible était impunément le jouet du puissant. Il vous manquait un tribunal qui pût frapper les uns et protéger les autres, c'est ainsi qu'ont été jugés les scélérats que j'ai désignés. — Gardés tous ces anneaux, cachets de leur réprobation ; *(il tire des papiers de son juste au Corps.)* voici les preuves de leurs forfaits, et leur arrêts de mort, portés les à votre sénat, qu'il les voye et qu'il tremble de nous avoir forcés à être plus justes que lui.

L'AUMÔNIER.

C'est donc là ta réponse, *(aux brigands)* eh bien! écoutés tous, vous autres, ce que le Magistrat me charge de vous notifier. — si à l'instant vous lui livrés le scelérat qui se dit votre chef, non seulement il vous fait grace de la vie, mais le souvenir même de vos forfaits est effacé. Vous rentrés dans la société, des emplois vous attendent, le chemin des honneurs vous est ouvert — Courage donc! assurez-vous de lui et soyez libres.

ROBERT *(aux brigands après un long silence.)*

Entendez vous, Messieurs, vous êtes environnés, captifs, on vous offre la liberté! vous êtes jugés, condamnés, pourtant on vous laisse la vie. Héžitez vous? est-il si difficile de choisir entre les fers et la liberté?

L'AUMÔNIER *(étonné)*

Cet homme est insensé! *(aux brigands)* douteriez-vous de la bonne foi du magistrat! voici votre pardon, scellé, et signé de tous les membres *(il leur remet le papier.)*

ROBERT *(aux brigands avec force.)*

Vous ne répondez pas — pensez vous renverser cette haye de bayonnettes qui vous enveloppe? ou mettez-vous la gloire à braver le danger, dans l'espérance de tomber avec moi, et de mourir ainsi de la mort des héros? *(avec élévation d'ame.)* Ah! désabusez vous, ils ne vous en feront pas l'honneur, ne vous traiteront pas même comme moi, mais comme de vils brigands, de serviles instrumens dont je voulais user pour exécuter des desseins plus hardis, des entreprises plus élevés — Entendez-vous ces cris? le cercle se resserre.. Il ne vous reste qu'un moment on approche *(avec force)* je vous rends à tous vos sermens. *(tous les brigands observent un morne silence)*

L'AUMÔNIERR *(extrêmement étonné)*

Je reste confondu.

ROBERT *(aux brigands.)*

Avez-vous peur que je n'annule par un suicide efféminé, le traité qui m'attache à vous? non, voici toutes mes armes *(il les quitte) il jette tous ses poignards, pistolets.* Livrez-moi, je renonce à tout jusqu'à l'empire que j'ai sur ma personne.. Craignez-vous quelque résistance? j'attache ici mon bras à cette branche de chêne. — Regardez-moi, je suis sans défense... Un enfant pourrait m'accabler *(avec la plus grande explosion.)* Voyons qui mettra le premier la main sur son capitaine? sans armes.

FORBAN *(avec un mouvement violent.)*

Quand tous les furies d'enfer nous entoureraient pour nous exterminer, quiconque n'est pas un traître, sauve le capitaine.

TOUS LES BRIGANDS *dans un excès de joie.*

Sauve, sauve le capitaine !

WOLBAC *à l'aumonier.*

Il déchire le pardon et lui jette le pardon au nez.

Tiens, voilà ton pardon, le nôtre est à la pointe de nos sabres.

RAZMANN *à l'aumonier.*

Sors d'ici, misérable, et vas dire à ton sénat qu'il n'est pas un seul traitre dans la troupe de Robert.

ROBERT *à l'aumonier avec froideur.*

Allez lui rendre compte de tout ce que vous avez vû, des brigands aussi pleins d'honneur sont par-tout des hommes invincibles, (*l'aumonier se retire*), amis ! Ce n'étoit point sur vous une épreuve que je faisois, mais pour inspirer la terreur à tous ceux qui vont nous combattre. Je n'ai jamais douté de vous (*aux brigands*). Camarades nous sommes libres, je me sens en état de résister à une armée.

(On entend battre la caisse, sonner l'attaque et tirer le canon).

On sonne la charge, ne nous laissons pas surprendre. Allons, mes amis, suivez-moi, la liberté ou la mort : voilà notre cri du combat.

TOUS LES BRIGANDS *crient en s'en allant.*

La liberté ou la mort.

Les brigands se mettent par pelotons commandés par les principaux, comme Forban, Wolbac, Roller et Razmann, et Robert à leur tête.

L'entre-acte représente les évolutions, et le feu du combat entre les deux régimens et les brigands, au bruit du tambour, de la mousqueterie et du canon. Les soldats sont mis en fuite.

Fin du quatrieme acte.

ACTE V.

SCENE PREMIERE.

Le théâtre représente la même forêt qu'au second et au quatrième acte, mais les aspects sont changés. On voit dans l'enfoncement à gauche une vieille tour isolée. On traverse la scène avec des blessés portés sur des branches d'arbres. Les brigands tout harassés et couverts de sang et de poussière, leurs vêtemens dans le dernier désordre. Le jour commence à tomber.

ROBERT, FORBAN, WOLBAC *sur le devant, beaucoup de brigands dans le fond.*

ROBERT *se laisse tomber au pied d'un arbre.*

Ah! de l'eau, mes amis. Je n'en puis plus, un peu d'eau, si cela est possible. La rivière n'est pas loin ; mais vous êtes tous excédés de fatigue……

WOLBAC.

J'y cours. Wolbac sort.

ROBERT.

Nous avons combattu comme des amis, des frères.

FORBAN.

Ah ! ils se souviendront de la journée de l'aumônier.

ROBERT.

Qu'elles sont les pertes de part et d'autre ?

FORBAN.

Près de trois cens hommes de leur côté restés morts sur la place. Du nôtre dix-sept blessés, un seul tué, mais c'est le brave Roller..... il a fait des prodiges.....

ROBERT.

Sa mort me fait envie.

FORBAN.

Il semblait la chercher. Je l'ai vu s'élancer

au milieu d'eux, fendre les rangs, frapper, renverser tout ce qui l'approchait. Le nombre enfin l'emporta, mais si je n'ai pu le secourir, j'ai du moins sû le venger.

ROBERT.

A la place où il est tombé, on lui aurait élevé un mausolée, si au lieu de périr pour moi, il fut mort pour servir les passions de quelque ministre ambitieux. Voilà comme dans la vie tout tient à la fatalité ! a-t-on pansé Razmann ?

FORBAN.

Son état est désespéré; lui-même il m'a tantôt demandé la mort pour être délivré de ses douleurs; je sçais mourir a-t-il dit, mais je ne puis souffrir. — Je n'ai pas osé lui rendre ce triste service.

Wolbac arrive et présente à Robert son chapeau plein d'eau.

Tiens, capitaine, voilà de l'eau fraiche comme la glace.

ROBERT *boit et dit à Wolbac.*

Comment Wolbac ! quoi qu'excédé de fatigue.

WOLBAC.

Non-seulement de l'eau, cher capitaine, mais tout mon sang est à ton service. Tu m'as sauvé deux fois la vie, ou plutôt de la honte de tomber vivant dans leurs mains. — Ah Robert ! aye jamais besoin de mon bras, et tu verras si Wolbac sait reconnaître un bienfait.

ROBERT *à Wolbac.*

N'est-il donc plus de salut pour Razmann?

WOLBAC.

Aucun.... Deux coups de feu dans la poitrine et treize coups de sabre sur le corps. Les malheureux allaient le mettre en pièces, si je n'étais venu diviser la curée ; mais je les ai fait danser de manière à se souvenir de la noce. — A propos, qu'est devenu Rosinsky ? Je ne l'ai point vu dans l'action...

FORBAN.

Je l'ignore, mais je le répète, sa conduite est fort équivoque.

ROBERT.

Rassurés-vous, moi j'en réponds.

FORBAN *à part.*

Quel diable d'homme, il ne se méfie de personne.

SCÈNE II.

LES PRÉCÉDENS, un BRIGAND.

LE BRIGAND.

Capitaine, Razmann approche de son dernier moment, il veut encore te voir et te faire ses adieux.

ROBERT.

Allons, *(à part)* c'est pour moi qu'il s'est sacrifié, *(il sort)*.

WOLBAC

Tant mieux, ses tourmens vont finir (*à Forban*), mais nos provisions, camarade ? Mon estomac n'èst pas ami de la diéte.

FORBAN.

Elles sont en chemin.

WOLBAC.

Notre caisse est bien garnie, j'espère, et celle du capitaine aussi, car s'il dépense ce n'est pas morbleu pas pour lui.

FORBAN.

La caisse du capitaine? non — mais si tu sçavais l'usage qu'il en fait, ou tu n'aurais pas d'âme, ou des larmes d'admiration couleraient de tes yeux. (*Il lui donne un papier*) Tiens, lis, voici le mémoire du dernier quartier; mais prens-y garde. La moindre indiscrétion me perdrait dans son esprit.

Wolbac *lit d'une voix qui s'altère à la fin d'insensibilité.*

Pour deux orphelins élevés à l'université de Léipsic, cinquante ducats.

Pour la liberté d'un père de famille emprisonné pour dettes, quarante ducats.

Pour la pension d'une veuve chargée de sept enfans, cens ducats.

Pour un laboureur ruiné par le débordement des eaux, soixante ducats.

Pour la dot d'une jeune fille, *(il lui rend le papier d'une voix altérée)* Tiens... Tiens... Je crains de m'enthousiasmer pour lui, *(profondément pénétré)*. Je connoissais son courage, sa franchise, la noblesse de ses sentimens, l'élévation de son ame..... mais je ne me doutois pas que ce fût d'un chef de brigands qu'on dût prendre l'exemple des vertus.

FORBAN.

Si nous avons l'orgueil de nous croire des hommes, conviens, Wolbac, qu'il est digne aussi de nous commander.

WOLBAC *appuye*.

Et glorieux pour nous de lui obéir.

SCENE III.

LES PRÉCÉDENS, ROBERT *à pas lents, absorbé dans les réflexions.*

ROBERT, *lentement.*

C'en est fait, camarades, nous avons perdu notre ami — Razmann n'est plus, Roller, Razman et tant d'autres ! Ah ! mon automne est arrivée, les plus beaux fruits, les feuilles même commencent à tomber sur la terre. Allés vous reposer : je veillerai pour vous.

Forban se retire dans le fond, et va se jetter à terre, Wolbac le suit après avoir examiné Robert un instant et marqué son admiration sur son caractère.

ROBERT *après un long silence continue.*

Je l'ai vû. C'est donc la mort, la dissolution de notre être....... Cet espace effrayant, et pourtant imperceptible qui sépare le tems de l'éternité. Quel contraste...... Un brigand meurt l'œil calme..... Le front serein.... L'expression de la douleur, de l'amitié, sont les seuls sentimens qui semblent l'animer, et j'ai vu les convulsions du désespoir s'emparer des derniers soupirs de l'homme qu'on nommait juste et bienfaisant!..... Est-ce défaut de force....... de caractere.... faiblesse d'organes?.... ou cet instant serait il le terme de notre destination..... notre entrée dans le néant?.... mais ce desir de félicité.... ces idées de perfection...... — (*avec force*) ce charme qu'on éprouve à la suite d'une bonne œuvre..... (*il fixe le ciel*). Cette harmonie universelle, ce mouvement uniforme et pourtant si varié de ces milliers de mondes qui roulent dans l'immensité..... Non, non, il est quelque chose après nous; car je n'ai point encore goûté un seul instant de vrai bonheur, (*il se promène en réfléchissant*). J'ai cherché la mort, a-t-il dit parce que j'étais las de vivre...... (*fortement*). Moi aussi je suis las de vivre..... moi aussi je voudrais déposer le fardeau de mon existence. — Eh qui peut m'arrêter ?...... Pourquoi languir dans cette prison, accablé du présent, quand je tiens dans ma main (*il saisit un pistolet*) la clef qui peut m'ouvrir les portes de l'avenir! — Est-il quelque lueur d'espérance qui puisse encore flatter mon âme? Les bienfaits même que je répands, ont-ils quelque douceur pour moi? On les rejetterait avec horreur, si l'on pouvait connaître celui qui les prodigue. — Mais si le ciel veut que je vive, pour être longtems malheureux, si la fatalité me lie au terrible métier où elle m'a conduit, est-ce à moi de m'y opposer? quand l'éternel dit au soleil de dessécher nos plaines, aux torrens d'inonder les campagnes dévastées, quand il ordonne aux vents brûlans de porter la mort dans nos contrées, — s'il fait naître un de ces tyrans qui se jouent de la vie des peuples; est-ce à nous de sonder la profondeur de ses décrets, de lui demander compte des motifs de tant de désastres? Nous, instrumens passifs qu'il employe et brise à son gré!..... mais Sophie.... Ah Sophie... (*fortement*) eh voudrait-elle recevoir la main d'un brigand, associer son sort à celui d'un meurtrier? Elle, la douceur, la vertu même! (*determiné*), Non, cette idée me détermine...... (*Il tire un pistolet de sa ceinture et regarde autour de lui*) Ah Sophie! seule tu m'attachais à la vie, ne pouvant être à toi, je dois y renoncer (*il se jette à génoux*) reçois donc mes adieux.... (*il pleure*) je ne demande à la nature entière..... je ne veux emporter en mourant que l'espoir d'être regretté par toi..... (*il écoute*) tout est tranquille, tout dort, moi aussi je veux m'endormir pour ne jamais me réveiller, (*il bande le pistolet et le porte à son front.*

SCÈNE IV.

ROBERT (*à genoux*) RAIMOND (*dans le fond*)

RAIMOND (*un vase à la main*)

Voilà minuit qui sonne dans le village voisin, Il m'attend sans doute. (*Il va frapper à la porte de la tour.*)

LE VIEILLARD (*dans la tour d'une voix cassée.*)

Qui frappe ? est-ce toi cher Raimond, mon bienfaiteur compatissant?

RAIMOND.

Oui, c'est moi, bon vieillard, monte au guichet, je t'apporte ta nourriture.

ROBERT *à part.*

Qu'entends-je? approchons *(il s'avance doucement vers Raimond)*

LE VIEILLARD *(dans la tour.)*

Bientôt je n'en aurai plus besoin. Ah Raymond ne te lasse point, mes membres sont affaissés, ma force anéantie.... Je sens que la mort ne tardera pas à finir ma misère.

ROBERT *à part.*

La mort!.... Est-ce une victime des loix ou de quelque vengeance?

LE VIEILLARD.

Que fait mon misérable fils?

RAIMOND.

Ton fils... Hélas! — mais écoute... Il me semble entendre du bruit — je me trompais. Cet désert est horrible! adieu bon vieillard... Descends dans ta prison... Si l'on t'y soupçonnait encore, ta vie s'éteindrait à l'instant; adieu!... Là haut est ton sauveur... Ton vengeur... O fils exécrable! *(il veut s'enfuir).*

ROBERT. (*d'une voix terrible*)

Arréte.

RAIMOND *(effrayé.)*

Ah Dieux!

ROBERT.

Arréte, qui es-tu? que fais-tu? parle.

RAIMOND *plus troublé* (*à part.*)

Toutes les frayeurs à la fois!

ROBERT.

Réponds, te dis-je, ou tu es mort.

RAIMOND.

Ah! je suis un pauvre habitant d'un village de ces montagnes.

ROBERT.

Quel est ce mistère d'iniquité? je veux le connaître; quelqu'un est au fond de cette tour...

RAIMOND.

Hélas! un malheureux condamné à mourir

rir de faim, et que je nourris par pitié dans le silence de la nuit.

ROBERT (*avec transport*)

Tu le nourris?.... Un malheureux! (*il lui prend la main*) ah! mortel bienfaisant! ne crains rien, tu n'as pas de meilleur ami que moi. — Mais il est captif, il faut briser ses fers. (*il va prendre des instrumens.*) Instrumens de terreur, pour la première fois venés à mon secours, je vous destine à un plus noble usage.

(*Il force la porte de la tour, et il sort un vieillard faible et décharné que Raimond soutient.*)

RAIMOND (*à part.*)

O crime de Maurice, tu vas donc être découvert!

LE VIEILLARD (*d'une voix faible*)

Ah! qui que vous soyez, ayez pitié d'un vieillard infortuné.

ROBERT (*recule d'épouvante.*)

(*à part*) Dieux!.... la voix de mon pere! (*Il le fixe immobile d'étonnement, ensuite l'approche lentement.*)

LE VIEILLARD. *(à genoux)*

Je te remercie, ô ciel! il est donc arrivé l'instant de ma délivrance!

ROBERT *(le fixant avec égarement)*

Ombre du vieux Moldar; quel pouvoir infernal t'arrache du sein des tombeaux? *(il l'approche)* reviens-tu du séjour des morts pour dissiper mes doutes sur l'avenir, et me résoudre ici l'énigme de l'éternité! — Parle je suis au dessus de la crainte.

LE VIEILLARD

Je ne suis pas un ombre, je respire, je vis, mais d'une vie affreuse, tissue d'horreurs et d'infortunes.

ROBERT.

Et tes funérailles publiques!

LE VIEILLARD.

Une masse informe fut déposée au caveau de mes peres, tandis que dans ce souterrein retranché du nombre des vivans, je m'abreuvais de larmes et me plaignais au ciel du malheur d'exister encore.

ROBERT *à part.*

Quoi donc ! il est un dieu.... et sans cesse la vertu souffre !... sans cesse le crime triomphe.

LE VIEILLARD.

Ah que cet air est pur !.... comme il rafraichit mes sens ! *(Il s'assied au pied d'un arbre.)* Voilà depuis cinq ans la premiere fois qu'il m'est permis de contempler le ciel.

ROBERT *(le fixant toujours avec un morne étonnement)*

O Cruauté ! O Barbarie.

LE VIEILLARD.

Ah ! si tu-es homme, si tu portes un cœur humain, ne me demandes pas le récit de mes malheurs, il te ferait détester tes semblables...

ROBERT *(avec effroi.)*

Vas, je la connais trop cette race de Vipères.

LE VIEILLARD.

J'ai mérité mes maux. J'ai banni.... déshérité.... presécuté le seul de mes fils qui devait consoler ma vieillesse. — O Robert ! Robert !.... (*il pleure.*)

ROBERT (*à part*)

Et je n'ose tomber à ses pieds ! (*haut*) mais quel est le monstre qui t'a fait éprouver ce suplice ? parle je veux m'abreuver de son sang.

LE VIEILLARD. (*pleurant*)

Ah ! ne le maudis pas, mais juge de mes tourmens !... Celui qui en est l'auteur... est mon fils.... Mon propre fils.

ROBERT (*pétrifié d'étonnement*)

Ton fils ? — Ton autre fils. Eternelle justice ! -- (*furieux*) c'en est assés, allons. (*il tire un coup de pistolet et dit aux brigands*) réveillés-vous.
(*au coup de pistolet le vieillard tombe en défaillance*)

LES BRIGANDS (*se réveillent tous et accourent.*)

Hé !... hola !... hola !... qu'est-il arrivé ?

ROBERT. *dans une terrible agitation.*

Quoi ! ce récit horrible n'a point arrêté

votre sommeil et fait dresser vos cheveux ! — Venés tous, voyés ce vieillard, et frémissés (*d'un ton de voix extatique*) l'ordre éternel est interverti...... l'humanité a perdu ses droits..... La nature a brisé ses liens..... Le fils a massacré son pere.

LES BRIGANDS *avec surprise.*

Que dit le Capitaine ?

ROBERT *continuant.*

Massacré !.... ce terme est trop doux. Dans ce désert.... au fond de cette tour.... en proye à tous les tourmens de la vie, ... de la mort, un fils a fait enfermer ce vieillard, et. .. que sert-il de le cacher ?....amis, ce vieillard est mon pere. (*il tombe épuisé à ses genoux.*)

LES BRIGANDS.

Son pere ! quoi ! son pere ?

RAIMOND *(à part..)*

O dieu.... C'est Robert, quelle nouvelle pour Sophie, courons... *(Il sort)*

SCENE V.

LES PRÉCÉDENS *excepté Raimond.*

WOLBAC.

Qu'il dise un mot et j'apporte à ses pieds la tête de son persécuteur.

FORBAN (*approche du vieillard avec respect.*)

Pere de mon Capitaine, (*il tire son poignard*) Ce poignard est désormais consacré à ta vengeance.

TOUS LES BRIGANDS.

Vengeance, vengeance!

ROBERT. (*il se releve tout-à-coup, s'élance au-milieu d'eux, d'une voix terrible.*)

Oui, vengeance. — Ecoutés-moi Dieu terrible, Dieu vengeur des forfaits! j'élève ici vers toi cette main sanguinaire. Je jure par le silence et les ténébres qui nous environnent, par ces astres qui se balanceut au-dessus de nos têtes, de ne pas revoir le soleil, sans avoir ravi sa lumiere à l'exécrable parricide, (*Aux brigans, d'un sentiment élevé.*) Et vous, découvrés vos têtes, prosternés vous dans la poussière. (*Ils mettent un genoux en terre*) Adorés la main invisible qui atteste votre mission et annoblit vos destinées. Non, vous n'êtes plus des Brigands. Vous portés dans vos mains le glaive des Vengeances célestes, vous êtes devenus les anges de la mort, les terribles exécuteurs des hauts décrets de l'éternel. Levés-vous tous, ce jour vous sanctifie.

(*Les brigands se lèvent*)

WOLBAC.

Ordonne, que faut-il faire?

ROBERT *à Wolbac*.

Approche, viens toucher les cheveux blancs qui couvrent ce front respectable. (*il le mene à son pere, et lui fait toucher ses cheveux, puis avec force*) maintenant vas venger mon pere.

Wolbac *vivement*.

Où! quand? Comment? parle. Je suis tout prêt.

ROBERT.

Prends vingt hommes et cours au château de Moldar... Qu'on arrête Maurice et qu'on le traine ici. — C'est sur cette place qu'il doit être jugé. Qu'il voye tous ses forfaits, (*en montrant le vieillard*), qu'i tremble et qu'il meure. Allez, courés, volés. Je compte les minutes.

Ils sortent en grand nombre, précédés de Wolbac, tous les autres se retirent dans le fond.

SCENE VI.

LE VIEILLARD *toujours assoupi*, ROBERT, BRIGANDS *au fond*.

ROBERT *attendri, les yeux fixés sur le vieillard, après un long silence*

Le barbare!..... Voyés ce corps épuisé..... Un canibale aurait respecté sa vieillesse, et son fils l'assassine? qu'elle douceur dans ses traits à travers ce sommeil de mort! *avec douleur à un brigand.*) Il semble méditer des bienfaits ou compter les heureux qu'il a faits.

Ah pourquoi n'osé-je le nommer mon pere!

que du moins j'embrasse ses genoux, *(à ses pieds)* que je goûte un moment le bonheur d'être son fils.— Je suis seul avec lui. *(après une réflexion)* si je dérobais sa bénédiction. . , . *attendri.* La bénédiction d'un pere, dit-on, n'est jamais sans grande efficace. . . . *(il lui serre les genoux sans y songer.)*

LE VIEILLARD *réveillé avec effroi.*

Etranger. . . . que fais-tu? que veux tu?

ROBERT *toujours à ses pieds.*

J'ai brisé les verroux de ta prison, je t'ai donné la liberté; ne me refuse pas une grace.

LE VIEILLARD.

Parle, que me demandes tu?

ROBERT *attendri.*

Ta bénédiction . . , mon pere . . .

LE VIEILLARD.

Et tu l'as méritée. *Il lui pose la main sur la tête*, sois juste et bienfaisant, et tu seras heureux. — Que ne puis-je ainsi bénir mes fils! Ah! Maurice ! . . . *il pleure.*

ROBERT.

Quoi tu le pleures? ton meurtrier! au pied de cette tour.

LE VIEILLARD *avec douleur.*

J'ai persécuté son frere. — O pere infortuné! je vis et mon Robert n'est plus.

ROBERT.

Ton Robert? il respire, il vit.

LE VIEILLARD

Comment! que dis tu?

SCENE VII.

LE VIELLARD, ROBERT, SOPHIE, ET RAIMOND; *dans le fond*, GUILLAUME, SA FEMME ET SON ENFANT,

portant une lanterne, allumée devant eux. Des valets de ferme armés de bâtons, d'autres avec des flambeaux,

SOPHIE *s'avance sur le devant.*

C'est bien ici Raimond que tu m'as dit de le chercher . . . quoi il vivrait ! . . . et c'est à mon Robert ! . . . (*elle s'avance*) que vois je! . . Ah mon oncle! Ah Robert! . . . *elle se jette au genoux du vieillard.*

ROBERT.

Sophie.

LE VIEILLARD.

Ma fille! Sophie que dis-tu? où donc est-il mon fils?

SOPHIE *criant.*

C'est lui... c'est Robert. Le voilà.

LE VIEILLARD.

Sophie, . . . Robert . . . c'est vous?

ROBERT

Tous les deux dans vos bras.

LE VIEILLARD.

Mes enfants! . . . mes enfants! . .

SOPHIE.

Ah! mon oncle! . . . Ah! Robert . . . mon amant . . . mon époux . . . *elle veut l'embrasser.*

ROBERT *recule.*

Votre époux! . . lui Robert! — (*les bri-*

gands entrent) dieux ! les voici. (*il détourne les yeux*.) Non, je ne me sens pas le courage de verser le sang de mon frere. *Il s'appuie accablé contre un arbre.*

SCENE VIII.

LES PRÉCÉDENS, WOLBAC *à la tête des brigands.*

WOLBAC

Capitaine, nous avons suivi tes ordres ; mais il n'était plus tems. Il s'est fait justice lui même. A peine nous à t-il apperçus, et appris de quelle part nous venions, que du haut d'une tour il s'est précipité dans le Mein.

Tous les brigands se rangent tristement des deux côtés de la Scène.

LE VIEILLARD *se lamentant*..

Qu'ai-je entendu ? mon fils.... mon fils est mort.

ROBERT *à part.*

Et graces au ciel ! mes mains sont innocentes.

LE VIEILLARD.

Maurice est mort ! et je n'ai pu lui pardonner.

SOPHIE.

Robert vous est rendu, et votre Sophie avec lui.

LE VIEILLARD.

C'est donc à vous, mes enfans, à vous seuls à fermer mes yeux. Approche mon fils .... Tiens, voilà Sophie ... ton épouse.

ROBERT.

Mon epouse! .. Ah! si vous sçaviés!...

SOPHIE *l'interompant.*

Oui, je la suis. Tu l'as promis à la face du ciel. *Elle court vers Robert,*
Rien ne peut plus briser nos nœuds .... ton cœur est à moi ... à moi seule ....

ROBERT.

Quoi, le cœur d'un brigand!

SOPHIE.

L'amour l'épurera.

ROBERT.

Vas, ma tête est proscrite. Où fuir, où me cacher?

SOPHIE.

Dans le fond d'un désert...... avec moi.

GUILLAUME.

Avec nous.

ROBERT.

Ah ! Sophie ! serait-il possible ? (*ils veulent se jetter dans les bras de l'un de l'autre*).

FORBAN.

(*Il sort des rangs, et met le sabre entre Sophie et Robert*).

Arrête, Capitaine. N'as-tu pas juré cent fois de nous rester fidele ? Tes sermens sont ils moins forts que les pleurs d'une femme ?

ROBERT.

Il a raison, dieux ! dieux !

WOLBAC.

Ne te souvient-t-il plus des dangers que nous avons bravés, des maux que nous avons soufferts pour toi ? Est-ce là le prix de notre attachement ?

ROBERT.

Ah Sophie ! Ah ! Mon père !

FORBAN.

Que sont devenus ces plans si hardis, ces

desseins si élevés dont tu flattais notre ambition! as-tu déja oublié les services de Roller, de Razmann et de tant d'autres qui se sont sacrifiés pour toi? leurs mânes doivent être indignés de ta faiblesse. Nous étions tous libres tantôt, et loin de te livrer, nous avons affronté la mort pour te défendre. Maintenant tu veux nous abandonner, pour aller soupirer aux pieds d'une femme.

ROBERT.

O tourmens de l'enfer!

Tous les brigans murmurent. Plusieurs s'avancent, découvrent leur poitrine, et d'un ton ferme.

WOLBAC *dit.*

Vois ces blessures.... Regarde ces cicatrices....

FORBAN.

Ta vie, ta personne, ton être, tout est à nous, c'est notre sang qui nous acquit ces droits, et c'est le tien qui les fera valloir...

ROBERT *consterné.*

C'en est fait. c'en est fait. — il n'y faut

plus penser. J'ai voulu retourner à elle, à la paix, au bonheur, et le ciel s'y oppose. — ôtés de mes yeux cette femme.

SOPHIE.

Et c'est toi qui l'ordonnes... cruel! arrache moi donc la vie (*elle se jette à ses pieds*) frappe, je bénirai mon sort. Tu t'éloignes (*aux brigands*) eh bien! vous, accoutumés au meurtre, soyés tous plus humains que lui. Donnés-moi par pitié la mort que je demande... vous vous taisés aussi! — Barbares! vous ne laissés la vie qu'aux malheureux.

WOLBAC *tire un pistolet de sa ceinture*

Robert, je vais t'en délivrer.

ROBERT *égaré dans le dernier désespoir.*

Wolbac, arrête! non c'est moi qui me délivrerai du fardeau de cette existence que je ne puis plus supporter. O Sophie de Northal, je te lègue à soigner la vieillesse de mon pere. Console le de tant de pertes, je te défends de les accumuler, en me suivant dans le tombeau. (*il tire son poignard et veut s'en frapper*) *Forban lui arrête le bras.*

FORBAN

FORBAN. *s'écrie.*

Toi Robert, une lâcheté !...

SOPHIE.

Juste ciel! (*elle se jette à lui.*)

LE VIEILLARD.

Ah ! mon fils.

GUILLAUME.

Mon maitre!

L'enfant effrayé recule.

SCENE IX.

LES PRÉCÉDENS,

ROSINSKY *accourt.*

WOLBAC.

Capitaine.

ROBERT *les repousse désespéré.*

Je ne vous connais plus. Laissés-moi mettre un terme à mes malheurs. *Il se débat entre leurs mains.*

ROSINSKY.

Ils sont finis. — reconnais dans Rosinsky, ton parent, le fils du Comte de Berthold?

LE VIEILLARD.

Que dit-il de Berthold.

ROBERT (*avec trouble.*)

Toi, le fils de Berthold.

ROSINSKY *très vivement.*

Mon pere a remis à l'Empereur le mémoire adressé par toi. Le récit de tes attentats avait irrité sa justice; mais ton respect pour le malheur, la générosité, la grandeur d'ame qui te font admirer jusques dans tes excès, ont ranimé l'espoir de ta famille. depuis un mois témoin de toutes tes actions sublimes, j'ai écrit, tes malheurs ont attendri le souverain, nos vœux sont accomplis, et voici ton pardon. *Il lui donne un papier.*

ROBERT *avec transport se relevant.*

Mon pardon... Ah! mon pere!... mon pardon, (*tristement*) et celui de mes camarades?

ROSINSKY.

Est aussi accordé, s'ils jurent de servir sous toi, l'Etat, en Corps franc de troupes légeres.

ROBERT.

Je réponds d'eux . . .

TOUS LES BRIGANDS.

Nous le jurons.

ROSINSKY.

O Robert ! l'Empereur touché de tes remords veut réformer par sa justice, tous les abus que tu punissais par la force. *(aux brigands)* il veut vous pardonner vos crimes, et s'éclairer par ses vertus.

ROBERT *exalté.*

Eh bien ! Forban, Wolbac, et vous tous mes amis, qui avez partagé mes revers, venez partager ma fortune. Vouons désormais à la défense de la patrie et des loix qu'on va réformer, le courage que nous avons mis à les venger quand on les outrageait, et si jamais ...... si dans le rang où le destin remet votre Robert, ou ma bouche ou ma main commandait quelque acte oppresseur *(il remet son poignard à Forban)* prenés ce fer, frappés, que mon arrêt de mort cloué sur ma poitrine, porte ces mots effrayans aux parjures, *Robert qui punissait les crimes est devenu lui-même un traître à ses sermens.* Ce poignard a tranché ses jours. (*à Rosinsky*) et toi mon cher Berthold, parent noble et généreux, viens jouir avec nous du fruit de tes bienfaits.

FIN.

www.ingramcontent.com/pod-product-compliance
Lightning Source LLC
LaVergne TN
LVHW020320230826
846091LV00003B/733

* 9 7 8 2 3 2 9 0 6 2 6 1 7 *